1
反面教師
illustration 大熊猫介
モブだけど最強を目指します！
~ゲーム世界に転生した俺は自由に強さを追い求める~

ヘルメス
アルテミス

ミネルヴァ
レア
フレイヤ

「やった！　魔法だ……
俺は魔法が使えるんだ!!」
俺は、まだまだ
ラブリーソーサラーの
世界を楽しめることに
喜びを隠せなかった。

Contents

プロローグ　最高の異世界転生

「ふぅ。今日も疲れたな」

ただいまの言葉を吐き出す暇さえ惜しみ、俺は玄関扉の鍵を開けて家の中に入った。

壁に設置された明かりのスイッチを押すと、玄関から廊下の電球が点《つ》く。

靴を脱いで廊下を歩き、リビングへ。リビングの電気も廊下と同じように点けると、一人暮らし特有の寂しい空間が照らされた。

鞄《かばん》を近くのソファにぶん投げて、テレビの電源を入れる。

モニターから、ニュースキャスターの淡々とした声が流れてくる。それをＢＧＭに、首元のネクタイを外した。

現在、時刻は九時十分。

今日はそこそこの残業で済んだ。もっと忙しい時期なら、時計の針は十一時を回っていただろう。

そのことに感謝する気にはならないが、スーツを脱いでどかっと体をソファに沈めた。

直後、全身から疲労が抜けていく。

厳密には、蓄積された疲労を感じているに過ぎないが、このまったりとした時間が何よりのご褒美だ。

しばしそのままソファに体を預けていると、やがて眠気に襲われる。

「――っと！　まずいまずい……油断して寝るところだった。短いとはいえ、残業続きで睡眠時間がなぁ……仕事が忙しいせいで有給も取りにくいし」

なんとか押し寄せる眠気を打ち払って意識を強く保つ。

だが、俺がいま寝不足に陥っているのは、何も仕事による残業疲れだけが理由じゃない。

他にも理由があった。というかそっちがメインな気がする。

「それでも、やめられないよな……ゲームだけは」

がばっと勢いよくソファの背もたれから起き上がる。

テーブルに置かれたノートパソコンを起動すると、デスクトップ画面に置かれたショートカットの二次元アイコンをクリックした。

数秒後、パソコンにインストールされたゲームが立ち上がる。

――恋愛アクションＲＰＧ《ラブリーソーサラー》。

売り上げが年々下がるエロゲ業界に、綺羅星《きらぼし》のごとく現れた大人気ゲーム。

プレイ可能な年齢に制限はあるが、その作り込まれたゲーム性はあらゆるゲーマー、オタクを魅了した。

他にも、有名イラストレーターが担当する美しいイラストに、耳によく残る音楽がたまらない。

俺も最初はパッケージのイラストを見て購入を決めたくらいだ。そしてプレイしてみて、中身にもハマった。

特に濃密なストーリーがいい。

ゲームの舞台は主に学園で、シナリオが進行するほど外の世界へ飛び出していくが、その緩急のつけ方が絶妙に上手《うま》いのだ。

しっかりイベントと恋愛パートを分けて展開してくれる。

他にも、恋愛アクションRPGと銘打っているだけあって、このゲームにはエロゲでは珍しい戦闘システムがある。

内容自体はそこまで難しくない。ダンジョンでモンスターを倒してレベルを上げる。それだけだ。

しかし、ちゃんとその中にも個別で能力値を上げる、いわゆる〝育成要素〟も含まれており、たとえば、魔法なら一つの属性を使い続ければ飛び抜けてその属性だけが強くなる。バランスよく鍛えていけば、熟練度が分散され器用貧乏みたいなキャラも作れる。

もちろんレベルによる育成は副産物に過ぎない。この育成要素を含めて、各ヒロインごとに必要なパラメーターを上げていかないといけない。

たとえば剣が得意なキャラを攻略したいなら、当たり前だが、『剣術』のステータスが一定ラインまで伸びていないとフラグが成立しない。魔法なら二つ以上のステータスが一定数値を要求されたりする。

中には『魅力』と呼ばれるステータスや、『学力』と呼ばれるステータスを上げないとフラグが立たない攻略対象キャラクターもいる。それを考慮した上で、バランスよくレベルやステータスを伸ばしていくのが、このゲーム最大の醍醐味《だいごみ》だ。

剣術のステータスは上げたけど、なぜかそのキャラのストーリーでは魔法の耐性値が低い敵が出てくる、どうしよう！　——みたいな展開もありえる。というか普通にある。俺も体験した。

その問題をどう乗り越えていくか……それが問われるからこそ面白いのだ。

従来のヌルゲーなんてやってられん。レベルを上げて殴るスタイルは、俺はあまり好きじゃない。もっと工夫し、考え、悩み、努力することこそがゲーム本来の楽しみ方だ。ストーリーだけ追いたいなら、ゲーム実況でも見ればいい。

プレイする人間は、そのゲームの難しさも込みで楽しんでいる。少なくとも俺はそうだ。

——だが、何も全て手探りで攻略しろって言いたいわけじゃない。ゲームが苦手な奴《やつ》だってこの世界にはたくさんいる。

俺はそんな人にもいろんなゲームを楽しんでほしい。実際に触れて、攻略することの楽しさを味わってほしい。

——だから始めた。ゲーム攻略サイトを。

正式な名前は『ラブリーソーサラー攻略サイト』だ。

俺は数あるゲームの中でも、特にこのラブリーソーサラーというゲームを愛している。

すでに発売して半年以上の月日が経《た》つが、いまだに何度メインシナリオを進めても飽きない。むしろ回るごとに好きになっていく。

その理由の一つが、ゲームの裏側に隠されたコンテンツの数々。

実績解除のトロフィーだったり、特定の相手に特定の行動をすると限定の会話が発生したり、専用ムービーが流れたり……と、あまりにもこのゲームはやり込み要素が多すぎる。

もう購入してからかなり経つのに、いまだラブリーソーサラーの全てを楽しみ尽くしていない。

その結果生まれたのが、俺が一から作った『ラブリーソーサラー攻略サイト』だ。

これまで俺が解放してきた、見てきたあらゆる情報が随時更新されている。

中にはバグを利用したハメ技から、ダンジョンの隠しエリアの情報まで盛りだくさんだ。

サイトを作って運営してから数ヶ月、ゲームをプレイしている何人ものユーザーが、嬉《うれ》しいことに俺のサイトを見て利用しているらしい。

挙句には、その頑張りが認められ、ラブリーソーサラーの公式からもメッセージが飛んできた。

『あなたほど、このゲームをやり込んだプレイヤーはいません。運営一同、ゲームを盛り上げてくれたことに感謝致します』

これを初めて見た時は震えるほど嬉しかった。思わずちょっと泣いちゃったのはいい思い出だ。

しかし、完璧にも見えるこのラブリーソーサラーにも欠点がある。

それは、戦闘面での期待値の低さだ。

この低さとは、戦闘に対してできることが少ないって意味。

ゲームである以上はしょうがないことだが、その法則性から逸脱することができない。おかげで戦闘面はプレイヤーの技量頼りか、レベルを上げてひたすら剣なり魔法なりをぶち込むことしかできない。

それでも楽しむ方法を俺は考えた。ハメ技だったり、コンボ技だったり、間合いの把握や敵の弱点を探ってみたりと……。

けれどさすがに最近は飽きてきた。戦闘面はもう擦《こす》れなさそうだ。

「残された道はトロフィーの獲得くらいだなぁ……」

ゲーム画面のトップに表示された『コンティニュー』のボタンをクリックする。

昨日プレイしていたところでゲームが再開されると、すぐにメニュー画面を開いて『リスト』を確認。

　ずらりと並んだトロフィーの数は、未獲得が三つだった。

　それを見ると、嬉しいやら悲しいやら複雑な気持ちになる。

「もうラブリーソーサラーも終わりか……攻略サイトのコメント欄でファンと殴りあったり、逆に意気投合したり、くだらない下ネタで盛り上がったあの頃が懐かしいよ……」

　まだ完全にクリアしたわけでもないのに、急にセンチメンタルな気分になる。

――いかんいかん！　しっかりしろ、俺。まだゲームは終わっていない。未獲得のトロフィーが三つも残っているのだ。

　攻略本もないラブリーソーサラーでこの三つのトロフィーを獲得するには、ひたすら地道な作業を繰り返さないといけない。

　鞄から取り出したスマホの電源を点けて、メモアプリを開く。そこに並んだ、これまで試した項目全てを読み飛ばし、まだ試していない行動にでる。

　パソコンの内蔵スピーカーから流れるゲームの音楽を聴きながら、今日もまた俺のソロプレイが始まった。

　夜食を食べることすら忘れてゲームに熱中する。

　調子に乗って夜中の二時くらいまでゲームをプレイし続け、そこから慌てて就寝。それが、俺の最近の日常だ。

　部屋中の明かりを消して、パソコンも落とす。

　薄暗い寝室にて、布団の中に潜りながら、ふと小さく俺は呟《つぶや》いた。静寂の中に溶けてしまうほど小さく、か細い声で。

「ずっと、ラブリーソーサラーをプレイしていたいな……」

▼△▼

ちゅんちゅん。

外から鳥の鳴き声が聞こえる中、徐々に意識が覚醒していく。

「――んっ」

瞼《まぶた》の裏に貼り付いた太陽の真っ白い光で目を覚ます。

ゆっくりと開いた視界に、ベッドの天蓋が見えた。

「……うん？」

しばしの混乱のあと、俺の脳裏に大きな疑問符が浮かぶ。

内心で、「俺のベッドに天蓋なんて付いてたかな？」と記憶を引っ張り出す。

どう考えても、そんなブルジョワなもの付いていなかった。

ひやりと冷たい何かが背中を撫《な》で、俺は弾《はじ》かれたようにベッドの上で起き上がる。

開けた視界に飛び込んできたのは、まるでアニメの世界のような光景だ。

部屋は白塗りの壁。所々に青いラインが入っており、金銀の装飾が施されている。

まるで外国のホテルに泊まっているかのようだった。

俺は一度として泊まったことはないし、海外に行ったことすらないが、テレビ番組やアニメ、漫画で見たことはある。それだけに、もの凄《すご》い違和感と嫌な予感がした。

きょろきょろと周りを見渡して、ゆっくりとベッドから降りる。

床には、これまた高そうな絨毯《じゅうたん》が敷いてあった。ふわふわのもこもこだ。

「どこなんだ……ここ」

頑張って記憶を引っ張り出しても、この部屋にいる理由が見当たらない。

最後の記憶は、平日の夜にゲームをプレイしたあと、ベッドへ潜ったところまで。そこまでは覚えている。

だが、それ以降の記憶がごっそりと抜け落ちていた。もしくは、そもそも記憶自体がないか。

平和な日本では、ほぼありえない可能性だが、俺が誘拐されたとしたら記憶がないのも頷《うなず》ける。

そう思うと、一気に背筋が冷たくなった。

「ひとまず外に出て、自分が今いる場所を把握しないと……」

海外だったらヤバいな、と思いながらも扉のドアノブに手を添える。

――その瞬間、俺ではない誰かがドアノブを捻《ひね》った。

ガチャリと音を立てて扉が開かれる。扉の動きに合わせて後ろに下がると、入り口から一人の女性が姿を見せた。

すでに俺の心臓は、うるさいほど高鳴っている。

入ってきた人物が俺を攫《さら》った相手かもしれないからだ。

ぎゅうっと胸元を押さえつけながら相手の顔を見る。歳《とし》は十代後半か二十代前半の若い女性。線が細く、とても日本人のようには見えなかった。

というか、リアルの女性にすら見えない。それほど目の前の彼女は美しかった。

思わず美人を見て呆《ほう》ける俺に、部屋に入ってきた女性が首を傾《かし》げて口を開く。

「……ヘルメス様？　どうして入り口の前に立っているのですか？」

外見どおり若く、やや高めの声だった。

しかし、それ以上に気になる情報が、彼女の言葉には含まれている。恐らく女性に話しかけられているのは俺だ。そう仮定した上で、おそるおそる訊《たず》ねてみた。

「へ、ヘルメス？　それっていったい、誰のことですか？」

「へ？」

「え？」

彼女が驚いたような表情を作る。俺も負けじと頭上に〝？〟を浮かべた。

遅れて彼女が慌て始める。顔に汗が滲《にじ》んでいた。

「そ、そんな……冗談ですよね、ヘルメス様？　記憶喪失なんてまさか……昨日までしっかり私の名前を呼んでいたではありませんか。フランって」

「フラン？　それがあなたの名前なんですか？」

やはり彼女は日本人ではないらしい。響きは外国人のそれだった。

「ああ!?　私に敬語なんて……！　ほ、本当にご記憶が？　まさか先週の事故のせいで……」

「事故？」

一歩、また一歩と彼女は後ろに下がる。

そこで今更ながらに気づいたが、フランと名乗った彼女の服装はいわゆるメイド服だった。それも俺がよく知るミニスカメイドじゃない。本場のロング仕様。

口調といい、俺の敬語に狼狽《うろた》えるところから察するに、もしかして彼女は誘拐犯ではなく単なるメイドさん……？

いや、何でメイドがこんな所にいるんだ。ここは本当にどこなんだ。

唯一分かることは、彼女が俺のことを〝ヘルメス〟なる人物と勘違いしてるってこと。

生憎《あいにく》と俺は生粋の日本人。生まれも育ちも日本だ。そんなハイカラな名前じゃない。

どうにかメイドの彼女を落ち着かせるべく喋《しゃべ》りかけようとした――その時だ。それより先に、メイドのフランがぽろぽろと涙を流した。

俺はぎょっとする。

「うぅ……ヘルメス様ぁ。馬車の事故で頭を強く打ったからといって、昨日までは普通だったのに。急に記憶がなくなったなんて私は信じません！　タチの悪い冗談のほうが、まだ笑えます。だから思い出してくださぃぃ。あなたはこの家の次期当主、ヘルメス・フォン・ルナセリア公爵子息ではありませんか！」

「……公爵子息？」

その名前を聞いた途端――俺の頭に激痛が走る。

ぐらりと視界が揺れ、ズキズキと頭が痛む。

まるで割れそうなほどの痛みだ。両手で頭を押さえながら呻《うめ》き声《ごえ》をあげ、そのまま数歩後ろに下がってちらりと横を確認した。

俺の視線の先には、一枚の鏡が置いてある。

全体を映すほどの大きさではないが、顔だけでも充分に今の状況を理解できた。

……なぜなら、その鏡に映っていたのは——俺の知らない男の顔だった。

同性の俺ですら魅了されてしまいそうなほど恐ろしく整った顔立ち。線が細く、人によっては女性にも見えるだろう。

絶世のイケメンが世界のどこかにいるなら、鏡に映った男だと俺は叫ぶ。

そしてその男は、よろよろと鏡から遠ざかろうとする俺の動きとまったく同じ動きを見せた。

片手を上げると、鏡の中の男も片手を上げる。

口をかすかに持ち上げれば、鏡の中の男も笑う。

その動作を数回ほど繰り返し、俺は全てを悟った。悟って、余計に混乱するはめになった。

「えぇぇぇ!?」

目を覚ましたら、馬鹿みたいにイケメンになってるぅぅぅ!?

何を言ってるのか分からないと思うが、もちろん俺も分からない。

試しに頬《ほお》を引っ張ってみても痛みを感じるから、これが夢だとは思えなかった。

「ど、どういうことだ？　なんで俺がこんなイケメンに……ッ!?」

またしても頭に痛みが走り、ぐらりと視界が揺れた。

すると今度は、俺の脳裏に見知らぬ男の記憶が流れ込んでくる。それは、黒髪に黄金色の瞳をしたイケメンの記憶だった。

間違いない。先ほど鏡で見た俺の顔と一致する。

「……ってことは、だ。この流れ込んできた記憶から察するに……え？」

理解が追いつかない。すでに答えは出ているが、本能がそれを拒もうとする。

正確には、嬉しさのあまりどう感情を表現していいのか分からなくなった。

そう、ヘルメスと呼ばれた男の記憶――その中に俺が知ってる国名や人物の名前が出てきた。

リアルの話じゃない。冗談《フィクション》みたいな話だ。

トリルキルティス王国。

それが間違いでなければ、俺が今いる世界は――ラブリーソーサラーの中ってことになる。

ちんけな言い方になるが、どうやら俺は……目を覚ましたら異世界に転生していた件!?

▼△▼

「マジかよ……そんなのアリ？」

ヘルメスと呼ばれた男の記憶が、俺の中に流れ込んできた。

その中には、ヘルメスの記憶じゃない俺の記憶もある。

――トリルキルティス王国。

それは、ゲーム《ラブリーソーサラー》に登場する国名……プレイヤーが操る主人公のいる国名。

ラブリーソーサラーオタクの俺が、その名を他人の記憶とはいえ間違えることはありえない。

今後、ゲームに出てくるヒロインの名前まで耳にすることがあれば、どう考えたってゲームの世界にいるってことになる。

要するに、俺は転生したんだ。冴《さ》えない日本人サラリーマンから、若々しい十代くらいのイケメンに。

残念なのは、この体の元になった少年――ヘルメス・フォン・ルナセリアという名前に覚えがないこと。

ゲームではそんな名前のキャラクターは出てきていない。

こんな絶世のイケメンがモブとは思えないが、どうやら俺はモブに転生したっぽい。それは受け入れた。受け入れたけど……。

「〜〜!!」

この内側からあふれんばかりの高揚感は、いまだに受け止めきれていなかった。

ひゃっほぉぉぉぉいッッッ!!

まさか大好きなゲームの世界に転生するなんて!! そんなラノベみたいな展開ありえるのか!?

でも実際に俺は転生している。これが俗にいう異世界神の意思ってやつだろうか?

それとも偶然この世界に転生した? ゲームにハマっていた俺が? そっちのほうがおかしいだろ。

考えられる可能性としては、前世の俺が死んで、神様の配慮でゲームの世界に転生した……とかだろうか?

それなら一応は理解できる。転生させてもらえるほどの何かをした覚えはないが、転生できたので細かいことは気にしない。

考えておいてなんだが、どうせ答えは出ないのだ。あるがままを受け入れよう。

受け入れると、再び胸中が興奮で満たされた。今の俺のテンションは、騒ぎ出しそうなほどにバグってる。

「へ、ヘルメス様？　まだ頭が……」

先ほどから奇行を繰り返す俺の姿を見て、メイドのフランがさらに涙の量を増やす。

完全に危ない人を見ているそれだった。

彼女の存在を忘れていた俺は、慌てて動きを止めて言い訳に入る。

「あ、悪いフラン。一瞬だけ記憶を失ってたが、今戻った」

「一瞬だけ記憶を失ってた!?」

目をカッと見開いてフランは驚く。

さすがに言い訳が大胆かつ適当すぎたか？

「それは……それならしょうがないですね」

「!?」

あまりにもあっさり受け入れられて逆に俺が驚く。

「事故から一週間経ったばかりです。完治したとはいえ、後遺症がゼロとは言えないでしょう」

それはそうだが……いや待て。

このメイドさんが勝手に勘違いしてくれているなら、俺にとってはむしろプラスだ。あえて訂正する必要もない。

今度も使える楽な言い訳ができたと喜んでおこう。

今日の俺は実に気分がいいからな。細かいことは気にしない。

そう思って、彼女には改めて謝罪の言葉を送る。

「ごめん、フラン。君には心配をかけちゃった。もう大丈夫。完全にヘルメス・フォン・ルナセリアの記憶を思い出したから！」

グッと力こぶを作ってみせる。

すると彼女は、

「それにしては……いつもと様子が違いますね」

とナイフのような鋭いツッコミを入れる。

ドキッ！　と心臓が跳ねた。

慌ててヘルメスの記憶を漁《あさ》る。彼の性格——というより口調をインプットした。

「……おほんおほん。俺はいつもどおりだよ、フラン。記憶も戻ったし、もうお前は下がれ。少しだけ俺を一人にしてくれないかな？」

わずかに声を低くする。

表情もどこか憂いを帯びたようなものへと変えてカッコつけた。

大変恥ずかしくて身悶えしそうになるが、どうやらこれが素《す》のヘルメスの口調と態度らしい。

——こいつ馬鹿なんじゃねぇの？

記憶を見るかぎり、まだまだ十五歳の子供だが……いやそれにしたって濃いよ。性格も口調も濃いよ。いわゆる厨二病《ちゅうにびょう》ってやつだ。

冗談みたいに聞こえるだろうが、事実そうらしい。

「畏《かしこ》まりました、ヘルメス様。いつもどおりのヘルメス様を見ることができて安心です。それと現在、旦那様がダイニングルームにてお待ちです。お着替えのあとでお越しください」

　メイドのフランは何の違和感もなく俺の言動を受け入れていた。

「ああ、分かった。ありがとう」

　慣れた様子で彼女が部屋から出ていくと、再び静寂が訪れた。

　その瞬間、俺は片手で顔を覆ってから笑う。自虐を籠《こ》めた笑みで。

「ふっ……」

　すたすたとベッドまで歩いて戻る。

　ベッドの前に着くと、両手を振り上げて叩《たた》き落《お》とした。

　ガンガンと敷き布団を殴りつけながら叫ぶ。

「うわぁぁぁ!?　恥ずかしぃぃぃぃ!!」

　我慢の限界を超えた。

　ストレスを発散するかのように布団を叩き続ける。

　そんな時間が十分も続くと、さすがに体力の限界を迎えてしまった。

　肩で息をしながら、冷静に状況を整理する。

「ハァ……ハァ……。と、とりあえず、俺がラブリーソーサラーの世界に転生したのは間違いない。それも、ヘルメス・フォン・ルナセリアとかいう知らないモブに……」

　主人公じゃなかったのは残念だが、逆に幸運だったかもしれない。

　仮に主人公に転生していたら、ヒロインたちとのイチャイチャが待っている。それ自体はもの凄く羨ましいいし、積極的にルートを開拓したいものだが、そうなると強制的にシナリオに巻き込まれてしまう。

中には、レベルを上げて物理で殴らないと解決しないような面倒なものもあり、きっと苦労するのは目に見えていた。

だが、モブなら話は別だ。モブには義務感も世界の強制力とやらもない。ただ自由にこの愛すべき世界を堪能できる。

「これでゲームの主人公みたいにステータスとか確認できたらなぁ……できないの？」

首を傾げていると、直後、目の前に大きな半透明のウインドウが表示された。

ヘルメス・フォン・ルナセリア

性別	男性
年齢	15歳
レベル	1
STR	10
VIT	10
AGI	10
INT	10
	魔法熟練度
<火>	初級10
<水>	初級10
<風>	初級10
<土>	初級10
<神聖>	初級10
<闇>	初級10
剣術	初級30
学力	30
魅力	100

「おわッ!?　こ、これって……」

どこからどう見てもステータス画面だった。ゲームをプレイしていた時に散々見たやつだ。

しかし、なぜステータス画面が表示されたんだ？

「ひょっとして……この世界の人間は、自分のステータス画面を表示できるのか？」

異世界転生もののラノベでよくある展開だ。もしくは、これは転生特典と呼ばれるもので、ステータスを表示できるのは、この世界で俺だけの可能性もある。

まあ、どちらにせよ。

「ラッキー！　ステータス画面が表示できるなら、今後の計画も細かく立てやすい！」

俺は素直に歓喜した。歓喜して、そこに記された違和感に遅れて気づく。

それは、ジッと自分のステータス画面を眺めていた時のことだ。

下のほうに表示された魔法の熟練度を見て、思わず驚愕《きょうがく》に目を見開いた。

「あ、あれ？　おかしいな……俺のステータス——全属性魔法への適性あったりする……？」

魔法熟練度の下には、それぞれラブリーソーサラーに存在する六つの魔法属性が記してあった。

本来、この魔法属性はゲームの設定上、一人につき一つまでしか持っていないのが常識らしい。

それを全て持っていたからこそ、ラブリーソーサラーの主人公は魔法学園と呼ばれる物語の舞台に上がることができた。

要するに……俺も主人公と同じ素質《スペック》を持っている、ということになる。

熟練度の表示が０ではなく10あるってことは、自然と魔法が使えることを意味していた。恐らく、俺以外の一般人はこの表示が０になるはずだ。

そうならないってことは……。

「ま、待て待て待て！　落ち着け！　一旦落ち着こう……落ち着いて試してみるんだ。魔法が使えるかどうか」

早計はいけない。何事も検証して事実を確かめる必要がある。

頭を振って余計な高揚感を追い出し、俺はゲームで使っていた魔法の一つを短く唱えた。

一応室内ということも考えて、比較的安全な〝風属性魔法〟を使うことにする。

かすかに震える声が、その名前を紡ぐ。

「————〝旋風《つむじかぜ》〟」

直後、俺の体内から何かが消えるような喪失感を覚えた。

そしてある意味、想像どおりに魔法が発動する。

風属性初級魔法・旋風《つむじかぜ》。

ゲームでは、周囲に風を起こして物体を吹き飛ばすタイプの魔法だった。

そんな魔法が、部屋の中で発生するとどうなるか。答えは簡単だ。部屋中の物を風圧で吹き飛ばして、しっちゃかめっちゃかにする。

棚に置いてあった小物は全てが床に散らばり、ベッドの上の掛け布団は乱暴に壁に貼り付く。テーブルもひっくり返り、様々な騒音を奏でる。

だが、その中心にいながら、俺は笑顔だった。

これまで以上に高鳴る胸を抑えつけて、口角が上がっていくのを止められない。

追い出したはずの高揚感が再び胸中であふれ出すと、それに合わせて喉を鳴らした。

「く、くく……あはは――ははは！　魔法だ！　これは魔法だぞ!?　やった！　俺は……魔法が使えるんだ！」

魔法とは、前世の地球にはなかった奇跡の産物。科学では証明できない未知の領域。

俺を改めて、またしてもこの世界に縛りつけ、終わりのない楽園《たんきゅう》に誘《いざな》うもの。

――俺はもう一度始められる。まだまだラブリーソーサラーの世界を楽しめる。

前世では叶《かな》えられなかったこの世界の全てを、今度こそ余すことなく楽しみ尽くすことができるかもしれない！

全部ひっくるめて嬉しい。嬉しすぎて簡素な言葉しか出てこない、自分の語彙力のなさに辟易《へきえき》する。

反面、いつまでも俺は笑い続けていた。

喉がかれ、様子を見に戻ってきたメイドのフランに怒られるまで、俺はひたすら神に感謝した。

異世界転生最高!!

一章　検証とレベリング

拝啓、前世の俺。

平凡なサラリーマンでゲームオタクだったお前は、ある日、眠りから目を覚ますと異世界転生していました。

何を言ってるのか分からないと思うが、俺もハッキリ理解したわけじゃないから話を進めよう。

――つまりだ。俺は大好きだったラブリーソーサラーの世界にモブとして転生し、この世界で生きることができる。

文明こそ前世の地球より劣っているが、ラブリーソーサラーの中にしか存在しないものもあった。

そう、魔法だ。

魔法はいい。魔力と呼ばれる不思議エネルギーを消費するだけで様々な現象を起こせる。

火属性魔法なら火を。

水属性魔法なら水を。

風属性魔法なら風を。

それぞれの属性に対応した現象を起こすことができる。

そして俺は、転生して自分のステータスを見るや否《いな》や、比較的安全と思われる風属性魔法を発動してみた。

結果は見事に成功。

部屋の中はぐちゃぐちゃになり、メイドのフランに怒られはしたが、しっかりと魔法が発動した。

しかもその際に、俺は確かに魔力と呼ばれるエネルギーの感知に成功する。

分かる。分かるぞ！　自分の体内に何やら温かいものを感じる。これが魔力か。

実は前世でゲームをプレイしていた頃に何度も憧れていた魔力と魔法。その両方を、俺は異世界転生した矢先に手に入れた。

これを喜ばないのはファンでもオタクでもない。当然俺は喜んだ。両手をあげてフィーバーした。

……フランに二度怒られた。


「まったく……いけませんよ、ヘルメス様。室内で魔法を使うのは危険です。ヘルメス様の体に何もなかったからよかったものを。もしまた怪我《けが》でもしたら、悲しむのは旦那様と奥方様ですよ」

絶賛フランに説教を食らっている。

彼女、どうやら俺の専属メイドらしい。古参で、母親もルナセリア公爵家で働く生粋のメイドだとか。ヘルメスの記憶が咄嗟《とっさ》に俺に教えてくれた。

しかし、それにしたって説教が長い。もう十分以上は経過してる。

俺としてはさっさと魔法の研究に移りたいところだが、それを言っても解放されないどころか余計に彼女を怒らせるのは明白だ。

となると、ここはシンプルに謝罪するのが一番だと思う。

俺は最高位貴族の公爵子息だが、中身は前世で平凡だった頃の記憶を受け継いでいる。残念ながらメイド相手とはいえ強気に出られない。

そもそも記憶を見るかぎり、過去の俺《ヘルメス》は、口調こそおかしいが性格は温厚だ。使用人にも友人にも恵まれた人格者。そんなイメージを感じる。

なので素直に謝ることにした。

「すまない、フラン。ちょっと確かめたいことがあって、思わず魔法を使っちゃった。もうこんな乱暴な真似《まね》はしないから……許してくれないかな？」

なるべくヘルメスになりきって彼女に誠意を伝える。

なぜ俺がヘルメスになりきる必要があるのか。それは、周りへの影響だ。

もし俺が前のヘルメスじゃないと思われたら、周りは確実に俺への対応に困る。そうなると俺も居心地が悪くなって困る。

ただ演じるだけでこれまでどおりの対応をしてもらえるのなら、かつての自分自身を殺すくらい当然の判断だ。それに、ぶっちゃけ……ゲームのキャラを演じてるみたいでちょっと楽しい。

ヘルメスの口調にも慣れてきたら、これはこれでカッコいいのでは？　と思い始めてきた。

郷《ごう》に入《い》っては郷に従え。

転生した俺もこの世界の常識……いやヘルメスの常識かな？　それに倣うべきだと考えた。

だからこのなりきりは今後も続ける。

「ッ！　わ、分かりました……ヘルメス様がそう仰《おっしゃ》るなら、私も口うるさくは言いません」

充分に口うるさかったよ。

「ただ、これだけ覚えておいてください。私も含め、誰もヘルメス様が傷付く姿を見たくないと」

「ああ、分かった。心配してくれてありがとう、フラン」

最大限感謝を籠《こ》めて彼女に微笑《ほほえ》む。

そして、先ほどから彼女の様子がおかしい。謝ったあたりからずっと顔を真っ赤に染めて視線を逸《そ》らしていた。

まるで俺の顔を見るのが恥ずかしい――もしくは、自分の顔を見られるのが恥ずかしい？

どうして？　思い当たる節は…………あっ。

そこまで思考を巡らせて、今の自分自身を振り返る。厳密には、鏡で見た自分の顔を思い出す。

そういや俺、ありえないくらいのイケメンになってたな……。前世基準が抜けていないせいですっかり忘れていた。

おまけにさらっとステータスの一番下に書いてある『魅力』の数値がカンストしている。

これ、本来の主人公は初期値10くらいのはずなのに。

おかしくね？　まあいいか。別にあって困るものでもないし。

冷静に考えてすんなり現状を受け入れた。アニメ・ゲームオタクは、異世界転生に強いと相場が決まっている。俺も例に漏れずこの状況に適応できたような気がした。

「そ、それでは私は、ヘルメス様のお部屋を掃除しておきますね。ヘルメス様は急いでダイニングルームへ。旦那様が首を長くしてお待ちです」

メイドのフランに急《せ》かされて、服に袖を通すなり部屋を追い出された。

あれだけ部屋中を散らかしておいて自分で片付けなくていいとか……貴族って最高だな。

能天気なことを考えながら、長い廊下を突き当たりまで歩いていく。

▼△▼

ヘルメスの記憶を頼りに、一階の端にあるダイニングルームに足を運んだ。

すでにダイニングルームには、縦長のテーブルの前に二人の男女が座っていた。

両方とも俺の両親だ。黒髪の父に白髪《しろかみ》の母。それぞれ紫色と金色の瞳が同時にこちらへ向いた。

「お待たせしました、父上、母上」

「おはようヘルメス。ずいぶんと遅かったね。混乱していたようだが、大丈夫かい？」

黒髪に紫色の瞳をした父が、柔らかな笑みを浮かべて訊《たず》ねてくる。

先ほどの件は忘れて、適当な嘘《うそ》を吐《つ》いた。

「問題ありません。少々、記憶が混濁していたもので」

「もう事故から一週間は経《た》ったはずだけど……心配だね。そろそろ王立第一魔法学園に通うんだ、あまり無理はしないように」

「王立……」

王立第一魔法学園――その名前を俺はよく知っている。

ラブリーソーサラーのメイン舞台になる学園の名前だ。

実年齢が十五歳と知った時、まさかとは思っていたが、やはり俺も学園に通うことになるのか。

それも、時系列的にヒロインたちとまったく同じ時期に。

いわば俺は、主人公の周りでちょろちょろする脇役ってところだ。

公爵子息なのにモブって面白すぎるだろ。別に文句は一切ないが。

「？　どうしたんだい、ヘルメス。まさか高等部に進学することを忘れていた、なんて言わないだろうね」

「まさか。もちろん覚えていますよ。むしろ楽しみすぎて、昨日はあまり眠れなかったくらいです」

「ははっ。進学式はまだ一ヶ月近く先だよ？　今から楽しみにしていたら体がもたない。少しは我慢しなさい」

「ええ。そうします」

さらりと吐いた嘘を、父は疑いもしない。母も平然と食事を楽しんでいた。

きっとヘルメスはこの両親に深く愛されていたに違いない。それは、記憶を読んだ俺にもよく分かる。

だからこそチクリと心が痛んだ。

俺はヘルメスじゃない。ヘルメスの体に宿った別人だ。

どういう経緯で俺がヘルメスになったのかは分からないが、それが無理やり魂を奪う行為であったなら……俺は自分自身に向き合って楽しく生きていけるのだろうか？

自信はない。だが、転生した以上は生きたい。

可能性の話をするなら、ヘルメスの人格は元々俺で、封印されていた前世の記憶が馬車の事故をきっかけに表に出てきたって可能性もある。

あまり自分を責めるのはよくないな……俺自身がこの展開を望んだわけじゃない。

頭を振って嫌な思考を追い出すと、気を取り直して俺は両親の正面に座った。

「おはよう、ヘルメス」

席に座った俺を見て、口元をナプキンで拭いた母が声をかける。

彼女は白髪に黄金色の瞳をしていた。髪色は父で、瞳の色は母から受け継いだと思われる。が、どちらかというと顔も母親似かな？

「おはようございます、母上。まだこちらに残っていてもいいんですか？」

俺《ヘルメス》の母は、本来はここ、王都にはいない。

ヘルメスの記憶によると、彼女は普段、ルナセリア公爵領で領地の経営を行っている。最終決定権は父にあり、父もまた王都で様々な仕事をこなしているが、さすがに揃《そろ》って両親が王都にいては、領地で発生した問題が滞るのではないだろうか？

そういう意図を込めて母に訊ねた。

「残念ながらそろそろ領地に帰らないといけないの。私としては、あなたの進学式が終わるまで、もう少し一緒にいたかったけど……秘書から連絡がきてね。仕事が溜《た》まってるって」

「あはは……それは残念ですね。俺も母上が傍《そば》にいないと寂しいです」

ヘルメスの母は生粋の子煩悩。何をしても褒めてくれるし、基本的に怒るような真似はしない。

さらに娘二人が問題児と腹黒なこともあって、厨二病《ちゅうにびょう》を患ってはいるが純粋で穏やかな息子《ヘルメス》を目に入れても痛くない――むしろ目に入れて持ち歩きたいほど可愛《かわい》がっている。

ヘルメス自身も、そんな母を邪険にはしたくなかったようだ。記憶の中では、ずっと仲良し親子でいる。

「そうよね！　ヘルメスもそう思うわよね!?　やっぱり私が傍にいないとヘルメスはダメだわ！

私もヘルメスの傍にいないと――」

「ダメだよ」

バン、とテーブルを叩《たた》いて捲《まく》し立《た》てるように口を開いた母。それを冷静な声で父が窘《たしな》めた。

「君が領地の経営をしてくれないと、私が領地に戻らないといけない。けど、今は国王陛下から任されている仕事が多くてね。それを片付けないといけないから、やっぱり君には領地の経営を頑張ってほしい。それに、向こうにはルキナがいるだろう？　彼女を独りにするつもりかい？」

「うぐッ……！」

父に正論で諭される母。悔しそうにしながらも彼女は渋々それを受け入れた。

現在、ルナセリア公爵領には俺の妹がいる。母にとっても大切な実の娘だ。彼女を放置して俺の傍に居続けることなどできない。

父はそれを上手《うま》く突いた。コーヒーを飲みながら「ふふっ」と鼻を鳴らす。

「そういうわけだから、君の意見は却下で。ごめんね」

「……いいえ、私の我《わ》が儘《まま》だということは分かってるの。こっちこそごめんなさい」

最終的には微笑ましいくらい仲良しの両親。そんな光景をしばし見守って、俺はわざとらしく喉を鳴らした。

「んんッ！　話は終わりましたか？　父上、母上」

「ああ。ヘルメスも悪いね。あまり母親との時間を作ってあげられなくて」

「構いません。全ては家のため。次期公爵になるなら余計な甘えは省くべきかと」

「ヘルメスは歳《とし》の割には聡《さと》くて困ったものだよ。大人しい子供っていうのは、親からすると寂しくてね。かといって、無茶《むちゃ》なことを言われても困る……あはは、子育ては難しい」

最後にもう一度ぐいっとコーヒーを飲み干して、父が食事を終える。

俺はこれから朝食を摂《と》るが、両親は先に席を外した。

「それじゃあヘルメス、私は先に中庭で素振りでもしてるけど……ヘルメスはどうする？　まだ体調が悪いなら、早朝訓練には参加しなくても……」

「いえ、参加します。記憶の混濁は一瞬だけでしたし、体にもう違和感はありませんから」

父が言ってるのは、毎日行っている剣術の早朝稽古《けいこ》だ。

曰《いわ》く、ルナセリア公爵家の人間には、初代から非常に優秀な血が流れているらしい。剣術に秀でたうえに高い学力を持つ父はもちろん、姉は剣術、妹は魔法に対する才能を持って生まれた。

それはヘルメスこと俺にも言える。

ヘルメスが、生まれながらにルナセリア公爵家の人間として獲得した才能は——主に全て。

そう、全てなのだ。

ヘルメスは剣術もできれば魔法も全属性が使える。おまけに学力も高く、手先も器用ときた。

そんなモブいるか！　と激しくツッコみたくなるところだが、事実、ヘルメスはルナセリア公爵家始まって以来の神童と名高い。

何をやらせてもトップを走るような化け物なのだ。

これまでは、本人があまり目立つのを良しとしなかったからその名声も広がっていないが、前世の記憶を取り戻した今では話が違う。

別に率先して目立とうとしているわけじゃない。ただ俺は、自分自身《ヘルメス》の才能の限界が知りたい。

この世界で俺はどこまで上に登れるのか。どうせ主要キャラクターでもないのだ、イベントのことなど忘れ、いっそ最強を目指すのも乙なものだろう？

俺にはそれができる。なぜなら俺《ヘルメス》は、最強になるため必要な体《スペック》も、知識《じょうほう》も持っている。

その両方があって、平凡に生きる選択肢など論外だ。

まずは自分にできることを知り、そこから将来設計を構築していく。

「本当に大丈夫かい？」

「大丈夫ですよ。父上は心配性ですね」

「そうか……なら、待っているよ。ただし、朝食はゆっくりと食べること。それに、無理は許さないからね？」

「分かっています」

しっかりと何度も頷《うなず》き、ダイニングルームから出ていく父の背中を見送る。そして、俺自身もさっさと朝食を摂り終えると、二十分後には、父が待つ中庭へと向かった。

剣術一つ取ってもワクワクが止まらない。ヘルメスの記憶を読み取って自分がどんなことをしてきたのかは分かるが、記憶と実体験では話が異なる。

前世では剣道すらしたことはなかった。剣を持って斬り結ぶなど、どう考えても男の浪漫《ろまん》。楽しみでつい歩く速度が上がっていく。

気がつけば、稽古前に軽い運動をしてしまった。

▼△▼

中庭に到着する。

すでに父が動きやすい服に着替えて剣を振っていた。

――やべ、しまった。運動着に着替えるっていう発想が抜けていた。

急いでメイドに命じて服を持ってきてもらう。部屋に戻る時間も惜しくてその場で着替えた。

よかった、ここが自宅の敷地内で。そうでなきゃ完全に変態だったし、父も着替えを許してはくれなかっただろう。

あと女じゃなくてよかった。上半身すら晒《さら》せないからな。

「意外と早かったね、ヘルメス。朝食を摂ってすぐに来たみたいだけど、お腹《なか》のほうは平気かな？」

「はい。問題ありません。訓練のために量は抑えました」

「さすがだね。まずはウォーミングアップで素振りをしようか。私が止めるまで素振りは続けてね」

「分かりました」

手渡された木剣を強く握り締める。

内心では、「うひょおぉぉぉッ！　前世で買った木刀を思い出す！　まったく意味なんてないのに買ったあの木刀を！」とはしゃいでいた。それを表に出すことはないが、やや気負いながら剣を振る。

ブンッ、ブンッ、ブンッ！　と木剣が空気を切り裂く。

何度か剣を振ってみて、俺はある違和感に気づいた。

――あれ？　俺、初めて木剣を振るはずなのに、なぜか振り方が分かる……どうしたら上手く振れるのか、体が覚えている？

それは不思議な感覚だった。

前世の俺は、木刀をデタラメに振り回して家財を破壊したことはあるが、今は異様なほど様になっている。

構え、振り上げた際に重心のズレを感じない。剣身もぴったり体の正中だ。

自分で言ってて意味分からんが、恐らくヘルメスの経験がしっかり俺にもフィードバックされている。おかげで迷いなく剣を振れた。

「うんうん。やっぱりヘルメスの上達は早いね。もうほとんど基礎はできてる。その素振りを見るだけでもそれが分かるよ」

「ありがとうございます、父上。でもまだまだ父上に比べれば素人《しろうと》もいいところですよ」

「そうかな？　ヘルメスはもっと自分に自信を持っていいと思うな。さすがルナセリア家の子だ」

父は俺のことを手放しで褒めてくれる。

ある意味でヘルメスの手柄を横取りしているように思えて、ほんの少しだけ後ろめたい気持ちを抱いた。

しかし、同時に俺はある一つの可能性を見出《みいだ》す。

それは、剣術の自由度だった。

今の話を聞いた人は「お前はいったい何を言ってるんだ？」と憐《あわ》れみの目を向けてくることだろう。

だが、この可能性に気づけたのは大きい。

なぜなら、剣術の自由度とは文字どおりの自由を意味する。いわば、ゲームのように決められた攻撃パターンしかできない――わけではないことの証明だ。

これは凄《すご》いぞ。かつてラブリーソーサラーで足りないと思っていたアクション要素が、リアルになったことで修正された。もはや最強と言っても過言じゃない。

加えて剣術の自由度が発覚した今、もう一つの戦闘要素にも自由な選択肢があると見て間違いないだろう。

その、もう一つの戦闘要素とは……俺がこの異世界に転生して最初に使った魔法だ。

ラブリーソーサラーの魔法は、剣術と同じで使える魔法が限られていた。

例を挙げると、俺が最初に使った風属性初級魔法〝旋風《つむじかぜ》〟なら、どれだけ頑張って熟練度を上げても、発生する効果に変化はない。ただ風が吹いて対象を吹き飛ばすだけだ。

ステータスのＩＮＴの数値が上がれば上がるほど、魔法攻撃力は増加するが、それはあくまで威力という面のみ。風を操れるとか、それを使って自分の動きを補助するなんて真似はできない。

だからラブリーソーサラーで最も大切だった戦闘技術は、相手との間合いの管理だ。

動きを読み、硬直時間を考えて最適な魔法を使う。恐らくリアルなら、魔法を使った際の硬直時間がない可能性すらある。

だから余計に胸が高鳴った。

剣も魔法も、俺が想像する以上に自由だ。ゲームの法則に縛られていない。

それはラブリーソーサラーでありながらまったくの別ゲームをプレイする感覚に似ている。

何が言いたいかというと……この世界に転生できてマジで嬉《うれ》しい！　ってこと。今世ほど神様に感謝したことはない。

あまりにもやりたいことが増えすぎて、やれることが多くて……喜びで意識が飛びそうになる。

だが、なんとか堪《こら》えた。今父の前で倒れたら一大事になる。

剣術や魔法の訓練、研究以前の問題だ。グッと足腰に力を入れて、父に言われたとおり剣を振る。

しばらくそんな時間を過ごしていると、今度は父との実戦——打ち合いに移った。


「じゃあヘルメス、準備はいいかな？」

父が俺から五メートルほど距離を取って木剣を構える。

俺も父を真似て剣を構えた。

「大丈夫ですよ。いつでも来てください」

「了解。くれぐれも怪我しないように気をつけて——ねッ！」

言いながら父が地面を蹴る。

相当な高レベルだ。一瞬で俺の目の前にやって来る。

振り下ろされた剣をほとんど反射的に横へ躱《かわ》す。追撃で木剣が薙《な》ぎ払われた。

自分の木剣を盾に父の攻撃をガードする。が、腕力に差があるため俺は容易《たやす》く吹き飛ばされる。

ふわりと体が浮いた。やや前のめりに体重を移動させ、地面を削りながら着地、減速、やがて停止する。

「いてて……まともに受けたら手が痺《しび》れるな」

木剣を持つ手が震えていた。

実の息子にも容赦がない。

これが天才を生み出し、育てるルナセリア公爵家のやり方か。できればもう少し優しく——なんて甘っちょろいことは言わない。

ハードな訓練バッチコイだ。やりたいことが多いのでちょうどいい。

父を利用するつもりで技を盗むことにした。

再び向かってくる父を見て、わずかに腰を落とす。足腰にかなりの力を入れた。

父が剣を振り下ろすと、空気を引き裂いて俺の左肩めがけて木剣が落ちる。

それを半身になって躱し、素早く一歩前へ。ほぼ最速で木剣の切っ先を父の首元へ放つ。

——刺突だ。

力の弱い俺が父に勝つには、剣の場合は斬るより突いたほうがいい。攻撃速度も速いし、首なら致命傷が狙える。

もちろん寸止めだ。当てるつもりはないが、ギリギリまで切っ先を近付ける。

しかし、父はそれを半身になって横に避《よ》けた。奇《く》しくも俺の動きとまったく同じだった。

「相手が避けてくることも念頭に置いて攻撃をするように」

そう言って父が三度剣を振る。

そこから先は、俺と父の攻防が繰り返された。

どちらかが攻撃すると相手が躱し、カウンターのように攻撃をしてまた避ける——と。

父が手加減しているからこそ、レベル1の俺でもまともな戦いになっている。恐らく父が本気を出せば、技量うんぬん関係なく俺は負けるだろう。

この世界がＲＰＧの中である以上、レベルの差からはそうそう逃げられない。

それでも俺は必死に父に喰《く》らいついた。父から剣術の何たるかを学びながら、ひたすらに体を動かす。

俺の剣術の訓練は、その後も一時間以上は続いた――。

▼△▼

「も、もうさすがに無理……！」

父との打ち合いの最中、とうとう体力の限界が訪れる。

体全体に疲労が押し寄せ、特に最も体重が加わっていた足腰にきた。無様に地面に尻餅をついて倒れてしまう。

膝が笑うってこういうことなんだぁ……と我ながら他人事《ひとごと》のように思った。

額から滲《にじ》む汗の量もハンパではない。次から次へと頰《ほお》を伝って地面に落ちていく。

メイドのフランが俺の傍にやって来て、白く綺麗《きれい》なタオルを手渡された。

「どうぞヘルメス様。お体が冷えますのでしっかりと汗を拭いてください」

「ありがとうフラン。もう服がびちょびちょだよ」

「無理もありません。あのような激しい訓練をなされば、春とはいえ汗を大量にかきます。着替えはこちらで？」

「うーん……そうだね。ここでもうちょっとやりたいことがあるから、フランは着替えと魔法書を持ってきてくれないかな？　初級のやつ」

「着替えと……魔法書、ですか？」

ぱちくりとフランの両目が高速で瞬《まばた》きを繰り返す。頭上に〝？〟が浮かんでいるのが分かった。

俺は汗を拭きながらくすりと笑う。

「そ、魔法書。剣術の次は魔法の練習でもしようと思ってね。また部屋の中をめちゃくちゃにするのは本意じゃないし……それとも、フランがまた掃除してくれるのかな？」

「……畏《かしこ》まりました。ヘルメス様のご厚意に感謝し、すぐに着替えと魔法書を持ってきます」

フランが踵《きびす》を返してそそくさと屋敷の中に入っていく。その背中を見送って、俺は空を見上げた。

今日は晴天だ。剣術だけじゃない、魔法の練習日和《びより》でもあった。

▼△▼

十五分ほどでフランが中庭に戻ってくる。

彼女の手には、俺が頼んでおいた数冊の魔法書らしき本と着替えがあった。

まずは着替えを受け取り、汗で滲んだ服を脱ぎ捨てる。

個人的にはシャワーを浴びてスッキリしてから着替えたいところだが、その時間も今は惜しい。

気分はさながら、発売したばかりのゲームを購入した直後の子供だ。大人でもそうだが、ゲームを購入した直後は何においてもそのゲームをプレイしたい。そうに決まっている。

そして俺は魔法《このゲーム》のためなら風呂を我慢できた。

新しい服に袖を通し、ぱぱっと着替えてフランから魔法書を受け取る。

ちなみにもう父は屋敷の中に戻っている。フランがいなくなってすぐに、仕事があるとか言って戻っていった。

だからこの場には俺とフランしかいない。

「着替えと魔法書をありがとう、フラン。俺はしばらくここで魔法の練習をするから、フランは仕事に戻ってくれ。昼食もここに運んでくれればいいから」

「よいのですか？　個人的には、なんだか嫌な予感がしてあまり離れたくないのですが……」

フランがジト目でこちらを見てくる。

心外だなぁ。

「フランは心配性だね。その気持ちは嬉しいけど、周りに人がいると集中できない。俺のことを考えてくれるなら、フランはフランの仕事を頑張ってほしいな」

柔らかく彼女に笑みを飛ばす。

やれやれとフランはため息を吐いた。それが彼女の諦めだと分かる。

「微笑みかければ、誰でも異性が言うことを聞いてくれるわけではありませんよ？　ヘルメス様のそれは確かに暴力的ではありますが……ごほん。分かりました、私は屋敷の中で仕事をします。いつでも呼んでくださいね、ヘルメス様」

微妙に顔を赤くしたフランを見送る。

なんだかんだ言って彼女は俺に甘い。それに、充分このイケメンフェイスが通用しているような気がする。

魅力ステータスのカンストは伊達《だて》ではない……のかな？　ある意味でフランは身内判定なのでまだ確証はなかった。

フランが消えた先から視線を外し、早速、魔法の訓練に入る。

▼△▼

ぱらぱらっと魔法書を開く。

「さあさあ皆さん、やってまいりました魔法の時間ですっ」

中庭に誰の目もないことを確認して、俺は元の口調に戻る。

フランを屋敷の中に帰した理由の一つはこれだ。いくらヘルメスのロールプレイが楽しいとしても、四六時中あんな言動をしていたら肩が凝る。誰もいないなら、素の、前世の俺を前面に出せる。

視線を本のページに落とした。

そこには、まるで学校の教科書みたいな文字が記されている。

「なになに〜……ふんふん。なるほどなるほど」

これは面白い。

ゲームでは魔法書の中身は出てこなかった。普通に主人公が読むだけで魔法が習得できる。

ゲームだからこそ、その辺りに違和感などなかったが、俺にとってリアルになったことで、前世では決して得られない情報に目を通すことができた。

曰く、魔法とは、体内を巡る魔力を消費・操ることで現象を起こす。

　火なら火を。

　水なら水を。

　風なら風を。

　どの魔法にも必ず必要になるのが、根底にある魔力の操作能力らしい。

　へぇ……ふーん……ほーん。

「ゲームだった頃には気にも留《と》めなかった技術が出てきたな、おい。なに……魔力操作？　ファンタジーものでお馴染《なじ》みのあれか？　魔力を操る力ってやつ」

　魔法が登場する作品のほとんどに出てくる魔力の操作。これがまともにできないと魔法が発動しない場合もあるようだ。

　ラブリーソーサラーがそうなのか知らないが、今後の練習にもってこいの情報が出てきたな。

「……けど、おかしいな」

　そう、おかしいのだ。それだと俺が最初に放った魔法に説明がつかない。

「俺は名前を唱えるだけでその魔法が使えたぞ……？」

　その事実に首を捻《ひね》る。

　脳裏に浮かぶのは、転生した直後の記憶。つまり、数時間前の早朝の記憶だ。

　その時は確かに魔法が発動した。魔力が失われる感覚も覚えている。

「もしかして魔法は、魔力操作以外にも発動するトリガーがある？」

　ぺらぺらと試しに本のページをさらに捲《めく》る。

　すると、俺が求めていた情報を見つけた。

「――むむっ？　これか」

ページには『魔法の発動には二つのパターンがある』と書いてあった。さらに続きを読む。

「一つは、魔力を消費して強制的に魔法を唱える詠唱。もう一つは、魔力を操ってイメージと共に魔法を具現化する魔力操作」

なるほど。転生した直後に俺が魔法を使えたのは、前者の詠唱のおかげか。

さらに詳しい説明を見ると、どうやらこの魔法の発動は、楽だが威力の調整などができない欠点を抱えているらしい。

ステータスのＩＮＴの高さでダメージは増えるが、ここでの問題は、発動したその魔法のダメージの下限にある。

詠唱して強制発動した魔法は、そのランクに応じて最低限の威力が固定化される。魔力の消費も全て固定らしい。

つまり、仮に俺が上級魔法を発動して格下を攻撃すれば、レベルの差……ＶＩＴの数値によっては、どう制御しようとしても相手を殺すことになりかねない。

威力が調整できないのは困るな……。

ダメージの下限問題はもちろん、恐らく後者の〝魔力操作〟で発動する魔法なら、ランクの違いが起こらない。初級・中級・上級という縛りも適用されない。

他にも攻撃範囲《リーチ》の拡張や効果の分散など、試せることが山のようにあった。

是非とも俺は魔力操作を学んで魔法を使いたい。

ひとしきり魔法書に目を通したあとで、早速、魔法を発動してみる。

まずは体内を巡る魔力を動かすところから。

瞼《まぶた》を閉じて体の内側に意識を向ける。本来ありえない、前世で感じることがなかった不思議なエネルギーを見つけた。これが魔力だ。魔力の消失時にも感じているから間違いない。

あとはこれを……血管の中を通り抜ける血液のようにイメージして、徐々に手元に集める。

右手に不自然な温《ぬく》もりを感じた。

ヘルメスの才能は凄いな……まるで水を吸収するスポンジのように上手くいく。一秒ごとに魔力操作の感覚が磨かれている気がする。

さすがに最初から簡単に成功しなかったが、ものの十五分ほどで集めた魔力を手元に留《とど》めることができた。

気を抜くと魔力は霧散してしまう。水風船のごとき球体に押し留めるイメージを追加し、そのましばらく魔力の制御に時間を費やす。

魔法の発動には、魔力の操作と魔力の制御が大事だ。どちらか一方でも欠けば、まともに魔法は発動しない。

それゆえに俺は、どちらもバランスよく鍛えていく。

ゆっくり、ゆっくりと時が流れ、体感で三十分ほどの静寂が終わる。額に汗が滲み、暑さとは別に体力が奪われていった。

――けれど成功だ。ヘルメスの才能が、魔力の操作と制御を学習した。前々からヘルメスが練習していたこともあって、転生直後からいきなり魔法が使える――と思う。

試しに今度は、風属性以外の魔法を発動してみる。

火……はダメだ、危険すぎる。土も周囲への被害が出そう。ここは神聖か水にかぎる。

神聖のほうは他の魔法に比べると魔力の操作方法もイメージの仕方も違う。だから、必然的に発動する魔法は水に決まった。

脳裏に噴水のイメージを構築する。掌《てのひら》から水が放出される感じで――。

「……おおッ!?」

掌に冷気を感じた。ちょろちょろと水が流れるような音も聞こえる。

瞼を開けて自分の右手を確認すると、俺が想像したとおりの魔法が発動していた。そこから魔力の出力を上げたり、逆に下げたりしてみる。

すると、放出された水は勢いを増し、続けてごく少量にまで勢いが落ちた。

成功だ！　魔法の威力も調整ができている。ここから工夫を加えることで、さらなる進化に発展するだろう。……が、さすがに操作と制御を覚えたばかりで、今すぐに他の形状に変えられない。

たとえば霧。細かく魔力を放出するイメージはともかく、イメージどおりに魔力を操ることができなかった。これは結構難しい。

逆に水を球体状に変化させるのは簡単だった。制御がやや辛《つら》いが、それでも弾丸のように射出できる。

そこから導き出される答えは、魔力は形が大雑把《おおざっぱ》かつ固形に近付くほど操作がしやすくなる。逆に霧みたいなひと塊にならない分散タイプは、操作も制御も恐ろしく難易度が跳ね上がるようだ。

ふんふんふん。いいね。どれだけ魔力が形を変えられるか、どれだけ魔力を遠くに飛ばせるのか、どれだけ魔力を高速で操れるのか。

魔法に対する探究心は尽きない。

なまじ剣術に比べて柔軟性が高いため、俺はのめり込むようにして魔法の練習を続けた。

陽《ひ》が暮れても俺の探求は終わらない。ずっと「ああだこうだ」と疑問を自分自身にぶつけながら、魔法の改造を行う。


最後は、中庭へと様子を窺《うかが》いに来たフランに強制ストップをかけられ、今日の練習は終わった。

昼飯すら食べるのを忘れていたあたり、やはり俺はどっぷりとのめり込むタイプだったらしい。

無論、明日も同じように魔法の研究は続けるけどな！

ガミガミとフランに怒られながら、静かに魔力操作の訓練を行う俺だった。

▼△▼

王立第一魔法学園高等部への進学まで約一ヶ月。

その間に、俺はひたすら剣術と魔法の訓練に精を出すことにした。

父との木剣による打ち合いは午前中に。そこから昼休憩を挟んで、午後はまるまる魔法の研究に当てる。

おかげで二週間も経つ頃には、闇を除く五つの魔法属性を自由自在に操れるようになった。

あくまで必要魔力量が少ない初級かつ、掌を中心とした発動に限定されるが、父曰くそれでもかなりの上達速度らしい。

普通、俺くらいの歳の子供は、詠唱による略式の魔法発動しか使えない。魔力の調整や操作などは、高等部に進学してから学ぶんだってさ。

実はこそこそと隠れて秘密の魔法訓練を行ってはいるが、それがバレるとかなり怒られるため何も言えない。

調子に乗って自分の手をズタズタに切り裂いたこともある。神聖魔法の治癒を習得していなかったら、今頃コソ練がバレていたはずだ。セーフ。

目まぐるしくも充実した日々をさらに一週間すごし、俺はようやく最低限の戦闘能力を手に入れた。

掌に光の塊を浮かべてにやりと笑う。

「そろそろ……レベルを上げる頃合いだな」

あと一週間後には高等部への進学式が待っている。進学式の日を過ぎると、いよいよゲームの本編が始まる。

もしかしたら自分が何かしらの事件に巻き込まれることも考慮して、可能なら進学式の前にレベル上げ――ダンジョンに行きたかった。

進学すると週末ぐらいしか外へ出られない。直近でレベリングの機会は今しかなかった。

「そうと決まれば、父さんには内緒で家を抜け出すか」

公爵子息がダンジョンに一人で行くなんて危険すぎる！　と止められるのがオチだ。

装備は剣に鉄製の軽鎧《けいがい》を身に着ける。

この鎧《よろい》、ここ三週間の間にこっそり倉庫からパクっておいた。本当はルナセリア公爵家お抱えの騎士たちの物だ。

騎士を雇っているのは俺の父。俺の父が雇っている騎士の物は、端的に考えるなら俺の物で相違ない。勝手にパクってもなんら問題ないだろう。どうせ倉庫にあった余りだし。

「これでよし、と」

装備の点検終了。

残りの荷物をインベントリの中にぶち込む。

このインベントリ、実はステータス画面と同じでなぜか使えた恩恵？　の一つ。

俺が二週間ほど前に、

「ステータス画面が開けるなら、ゲームのメニュー画面も使えたらなぁ」

と呟《つぶや》いたところ、急に目の前にメニュー画面が出てきた。

ステータス画面によく似た半透明のウインドウだ。それを手動で操作すると、ゲーム機能の一つ、ＲＰＧならほぼどの作品にも出てくる四次○ポケット《インベントリ》が使えるようになった。

これは本当に便利だ。

全体容量こそ把握できていないが、少なくとも俺の部屋に置いてあった家財全てをぶち込んでもなお余裕がある。

おまけに一日入れておいた熱々の紅茶が冷めていなかった。二日、三日と放置しても変わらない。

つまり、インベントリ内には時間が流れていないか、閉じると時間が止まる。

これを利用すれば、外で長時間のレベリングをしても食料問題に悩まされずにすむ。

今はそこまで大きな意味を持たないが、今後必ずこの時間停止効果が役に立つ日がくるはずだ。

そうでなくても、大量に荷物を持ち運べるのは助かる。それに俺以外にインベントリの内部に干渉できる者もいなかった。何人かの使用人で試してみたから確実だ。

あと魔法を撃ち込んでも貫通《かんつう》する。どうやら魔法を吸収、ないし保管する機能はないらしい。

――とにかく。

万が一にも帰れないことを想定して、インベントリの中には、一ヶ月は持ちそうなほどの食料を入れてある。

これで準備万端だ。

ちらりと入り口の扉を一瞥《いちべつ》したあと、部屋の窓を開ける。

外には誰もいなかった。この時間、使用人たちは屋敷の中で掃除を行っている。

そこに付け入り、俺は窓際に足をかけた。

あふれんばかりの高揚感に手を引かれ、そのまま二階から飛び降りると、勢いよく地面の上を走り出す。

目指すは王都の西門。そこから数キロ離れた先にある、とあるダンジョンへと向かう。

▼△▼

王都を離れて数十分。

軽くランニングをしながらダンジョンの前までやって来た。

ゲームの頃と位置がズレてなくてよかった……徒歩だから無駄に時間をかけるところだった。

俺が足を運んだのは、王都近隣にある中級ダンジョン〝嘆きの回廊〟。

外見は完全にただの洞窟だが、この先に本来のダンジョンが隠されている。

ダンジョンとは、この世界においても異世界なのだ。入り口は基本的に全て洞窟のようになっており、その先に進むと様々な姿・形を見せる。

たとえばこの嘆きの回廊は、内部が巨大な日本風の屋敷になっている。

迷宮というだけあって、その構造は複雑怪奇。どう考えても広すぎないか？　という疑問を覚えるくらいには、空間が拡張されている。それもまた異世界マジックだ。

「ここに来るのは久しぶりだな……くくっ。腕が鳴る」

嘆きの回廊の中に入っていく。

洞窟に設けられた階段をゆっくり下りると、やがて俺がゲーム画面で見た和風の屋敷が現れる。

周りが暗いため、ややホラーチックな外観だ。ゲームだと何も感じなかったが、不思議と背筋を冷たい何かが這《は》う。

前世でもホラーは苦手な部類だった。特にジャパニーズホラーと言われる幽霊系が無理。

だから見上げるほど大きな屋敷を視界に収め、なかなか次の一歩が踏み出せない。

その状態で十分も時間を無駄にした。

「……大丈夫。大丈夫。俺はいける。俺ならやれる！　ここは異世界、あくまでダンジョン！　全部剣と魔法で解決できる――はずだ！」

最後の最後で声が小さくなった。

しかし、勇気は少しだけもらった。今なら行ける。

汗ばんだ手を握り締め、ぎこちない姿勢で前に進む。正面入り口の板戸を横にスライドさせて、玄関から中に入った。

室内には点々と小さな豆電球みたいな石が天井に設置されている。その光はあまり強くなかった。余計ホラーチックな雰囲気が漂う。

だが、いまさら俺に撤退の二文字はない。あるとしたら突撃の二文字。

腰にぶら下げている剣の鞘《さや》に片手を添えながら、記憶にある道を通っていく。

このダンジョンは回廊という名前のとおり、ダンジョン全体が迷路のように入り組んでいる。下手に歩き回ると、来た道すら忘れてしまうほどに複雑だ。

その点、俺は前世の知識があるから迷わない。内部の構造もゲームの頃のままだ。

右に左にと道を曲がっていき、ダンジョンの端のほうまで移動する。

途中、ゴースト系のモンスターを数体見つけたが、目当ての場所まではモンスターと戦闘せずに行ける。

隙を突いてすすいっとモンスターの横を通り抜けた。

そうして辿《たど》り着《つ》いた先には、またしても板戸が嵌《は》めてある。奥に部屋がある証拠だ。

「そ〜っと……」

息を殺して目の前の板戸を横にズラす。ちらちらと様子を窺うと、中は書斎だった。

「やっぱり部屋もゲームの頃と位置は同じか。それにモンスターの配置も……うん、同じだな」

書斎には複数の骸骨が徘徊《はいかい》していた。

あれは、このダンジョンの低級モンスター〝スケルトン〟。

死霊系モンスターの中では、ステータスが低く比較的弱い部類に入る個体だ。

それでもレベル1の俺が正面からぶつかれば、苦戦ないし敗北は免れない。だが俺はここに足を運んだ。ここでしかできないことがある。

さらに板戸を横にスライドし、部屋の奥にある――お、あったあった！　二階へ続く階段を発見。

あの階段こそが今回の目的地。あそこで俺は、スケルトンに対してハメ技を行う。

手順は簡単だ。まず、書斎の中を徘徊するスケルトンの間を縫って階段まで向かう。彼らは行動ルートが重ならないように動いているため、必然的に発見されないルートが生まれるってわけだ。

そこを通って急いで階段まで向かうと、もう準備は完了だ。

あとは近くに来たスケルトンを適当に攻撃して、階段まで引っ張ればいい。

すると――

「よしよしよーし。ここもゲームの頃と変わらないな」

スケルトンは階段を上がれずその場に留まる。

ガチャガチャと、やや段差のある階段の下でずっとこちらに向かおうと階段を蹴り続けていた。

ゲームだとシステム上のエラーかと思っていたが、リアルになったことで理由が判明する。

スケルトンたち……足が上がらないのだ。階段の段差がかなりキツいから、それを乗り越えることができない。自然、階段の上にさえいれば攻撃も届かないし、安全にこいつを処理できる。

かといって剣が届く距離で戦うのは得策じゃない。スケルトンには斬撃耐性もある。

ここで必要になってくるのが、俺が三週間もの間、必死に練習を繰り返した魔法だ。

魔法なら離れた所から一方的にモンスターを攻撃できる。

「すぅ――……ッ！」

手元に魔力を集める。

略式の魔法は使わない。あれに慣れるといざって時に問題が起こる。

しっかりと普段どおりの魔力操作を徹底し、それによる効率的な攻撃を心がける。

その点において今回の形は最高だ。相手は比較的近くにいて、一切の攻撃をしてこない。動きも止まっているし、落ち着いて魔法を発動できる。

使う魔法は神聖属性。

死霊系のモンスターには、主に神聖属性と火属性が有効だ。目の前にいるスケルトンなら、やや神聖属性のほうが効くかな？

手元に集まった魔力を光に変換すると、白い球体が姿を現す。

スケルトンの耐性は、殴打、貫通、斬撃の順番で低い。魔法で相手をぶん殴ることは今の俺にはまだ難しいので、距離を取って攻撃できる貫通を今回は採用する。

浮かび上がらせた光の球体を、徐々に螺旋状《らせんじょう》に捻っていく。きゅるきゅると鋭く、より細く形状が変化していった。

ものの数十秒で細長い弾丸に変わる。

これがここ最近俺が生み出した魔法攻撃の一つ。イメージしたのは前世の銃弾、あるいは釘《くぎ》だ。

銃って弾丸を高速回転させながら射出することで、貫通力を高めているらしい。アニメ知識だが、それを魔法に応用した結果、魔法の貫通力も増加した。

モンスターに試すのはこれが初めてだが、庭にあった木に撃ったら、見事に幹を貫通していたのでスケルトンにも効果はあるだろう。

もちろん、木を破壊した件は父親にこっぴどく怒られた。魔法用の的が倉庫にあったらしい。そういうことは最初に言うべきだと思う。忘れていた俺も俺だが。

――それはともかく。

今度は実戦だ。手元に浮かぶ細長い魔法の弾丸を構え、まっすぐにスケルトンを見つめながら、ボールを投げる要領で魔法を投げた。

手元から離れる直前、魔力操作で高速回転もかけて射出する。

魔力は体から離れるほど、その操作と制御が難しくなる。二メートルも離れれば、今の俺ではまともに操作することはできない。形を保つための制御が精一杯だ。

しかしそれでいい。相手は動かないのだ。最初の軌道させ逸れていなければ、ただ魔法を制御しているだけで――当たる！

ガリガリと音を立てて神聖魔法がスケルトンの胸部に直撃すると、回転と浄化の作用がスケルトンの体を削っていく。

けれど魔法はすぐに消滅した。

俺の魔法熟練度が低いってこともあるが、単純に威力不足だな。レベル１の俺のＩＮＴでは、さすがに一発でスケルトンを倒すことはできない。

だが、スケルトンの弱点である神聖属性魔法に回転を加えて放ったことで、威力は従来の神聖魔法より上がっているはず。

ゲームだと初期ステータスでスケルトンを倒すには、神聖魔法が五発は必要だった。

回転を加えたことでどれだけ威力が上がったのか、それも一緒に検証できそうだな。

もう一度魔法を構築して、邪悪な笑みを浮かべる。

見下ろす先にはスケルトンがいた。

「ふふふ！　しばらくは俺の実験とレベリングに付き合ってもらうぞ？」

再び聖なる光が、スケルトンの骨を削り、その音が書斎に響き渡る。

ついでに俺の高らかな笑い声も一緒に響いた。

▼△▼

嘆きの回廊でのレベリングが終わった。

時刻は、メニュー画面に表示される時計に十六時二十五分とある。

夕方だ。さすがにそろそろ帰らないと、ルナセリア公爵家がパニックになる。

俺が家を抜け出している件もバレているだろうし、さっさと言い訳を考えておこう。

「やっぱり街中で買い物をしていた……が一番無難かなぁ？　何も買ってないのは気に入るものがなかったってことにしよう」

今後も言い訳を考えるのが大変だ。最悪、バレたら必死に父を説得するしかない。

この世界は外に危険があふれている。父とて俺が強くなる分には文句は言うまい。ルナセリア公爵家の長女——つまり俺の姉なんて、バリバリの武闘派だしね。

来た道を戻りながら、うんうんと頭を捻る。すっかり嘆きの回廊のホラーチックな光景にも慣れていた。

ヘルメス・フォン・ルナセリア

性別	男性
年齢	15歳
レベル	6
STR	25
VIT	25
AGI	25
INT	25
	魔法熟練度
<火>	初級12
<水>	初級12
<風>	初級12
<土>	初級12
<神聖>	初級15
<闇>	初級12
剣術	初級33
学力	33
魅力	100

▼△▼

ダンジョンに行ったり自宅で魔法の研究をしたり。俺の転生後の日常は、それなりに充実した時間が流れた。

気がつけば最後の一週間も瞬きの間に過ぎていき、とうとう王立第一魔法学園の高等部に進学する日がやってくる。

「今日からラブリーソーサラーのストーリーが始まるのかぁ……実は少しだけワクワクしてるんだよな」

貴族らしい高級衣類に身を包んだ俺は、最後に武器の確認だけして部屋を出る。

廊下を歩きながら学園生活を夢想した。

――主人公との邂逅《かいこう》ではない。楽しみなのは、あくまでヒロインたちのほう。

パッケージで一目惚《ひとめぼ》れしてゲームを購入した過去があるから、ラブリーソーサラーのメインヒロインたちに会えるってだけで胸が高鳴る。

当然、俺はモブだ。彼女たちに積極的に絡むのはご法度である。いくら好きでも、主人公のためのヒロインたちに手を出す気はない。

だから遠くから眺めるのと、たまにくだらない雑談ができればいいな～、くらいの腹積もりだ。

特にメインヒロインのミネルヴァって金髪碧眼《へきがん》のキャラ。この子は俺の前世における推しだった。

典型的なツンデレお嬢様かと思いきや、個別ルートに進む――要するに好感度を上げると、恐ろしいくらいにデレるキャラで、そのギャップがもうたまらん！

そんなヒロインたちに、今日、俺は会える。

決して結ばれる運命にないのは百も承知で、それでも俺は嬉しかった。かつて惚《ほ》れた彼女たちを視界に捉え、生の声で応援することができるのだから。

「…………よし！」

ダイニングルームの傍までやって来た。

今一度覚悟を決めて、俺はいつもどおりにヘルメスを演じる。

——ゲームスタートだ。

モブだけど最強を目指します！

～ゲーム世界に転生した俺は自由に強さを追い求める～

二章　ゲームスタート

いよいよ、恋愛アクションＲＰＧ《ラブリーソーサラー》の本編が始まった。

暦は春の四月を差し、今日は王立第一魔法学園の進学式が行われる。

今年で十五歳になるモブ、ヘルメス・フォン・ルナセリアである俺も、その式に参加する。

転生した俺が主人公たちと同じ時期に進学するのは、なんとなく露骨な運命の導きを感じた。それだけに少しでも本作に関わることができて嬉《うれ》しかったりする。

そんなこんなで複雑な気持ちをぶら下げながら、メイドのフランと共に馬車に乗る。

ルナセリア公爵邸から王立学園まで、馬車で片道二十分ほどだ。

ちなみに馬車はゆっくり進んでいる。街中を移動するのだから、馬を走らせたら普通に事故る。

——それってほとんど徒歩と変わらなくね？

そう思うのだが、貴族だから身の安全と移動面での楽さを取って馬車を使うらしい。

カポカポと舗装された道を馬が歩き出す。

片道二十分の距離をぼんやりと外を眺めながら、正面に座るフランと適当に雑談を交わす。

話題はもっぱら学園進学の件だ。

彼女は俺の才能をよく知っている。彼女から見た元々のヘルメスは、中等部ではあまり積極的に能力をひけらかすような真似《まね》はしていなかった。

公爵子息でクソイケメンにも拘《かか》わらず、ヘルメスは割とひっそり生きていたらしい。

それが才能の覚醒前だったのか、本人の素《もと》の性格だったのかは分からん。ただ……俺の意識が表面に出てきた以上は、もう穏やかな暮らしをするつもりもない。

家族も俺が目立つことを期待しているし、目の前のフランもそれは同じだった。

無論、馬鹿みたいに目立つことが目的じゃない。俺はあくまで剣術や魔法を極めるのが目標だ。その過程で目立ったとしてもしょうがない。だって俺は、遠慮せずに、自由に最強を目指すと決めたのだから。

全てはこの世界を余すことなく楽しむため。ラブリーソーサラー以外のことには興味もない。

「――あ！　ヘルメス様、学園の校舎が見えてきましたよ」

「おー……！」

フランが窓の外を指差す。

そちらに視線を向けると、確かに遠くにそびえる巨大な建造物が見えた。

ゲームをプレイしていた時に、画面に映っていた背景のイラストとまったく同じだ。ゲーム故にやや近代的な外観だが、ここは異世界なのでそれもまた良し。

徐々に近付いてくる校舎を眺めながら、俺はぽつりと期待を零《こぼ》した。

「あそこに俺の夢があるのか……！」

▼△▼

馬車が学園の正門に到着する。

ここから先は徒歩での移動だ。馬車は専用の駐車場みたいな場所が用意されているため、そちらに停《と》めないといけない。

馬車から降りて正門の前に立った。

「ここが……夢にまで見た王立第一魔法学園！」

傍《そば》にはフランがいるので、声を抑えながら呟《つぶや》く。

そのフランには、俺の私物の運搬をお願いした。

王立第一魔法学園に通う生徒は、一人の例外もなく三年間は学園が用意した寮で生活させられる。

だから、自分の荷物を事前に男子寮の一室に運ばないといけない。

俺は進学式に参加するので、メイドの彼女に任せたというわけだ。

「それじゃあフラン、俺は校舎のほうに向かうね。大変だとは思うけど、荷物の運び出しをお願い」

「はい。しっかりとヘルメス様の荷物を運びます。お気をつけて」

「フランもね。君が怪我《けが》をすると、俺は心配で夜も寝れなくなる」

「ッ!?　ご、ご冗談を……それでは私はこれで！」

ばばっと荷物の入ったトランクケースを手に持ち、彼女は逃げるように寮の方角へと消えた。

そんな恥ずかしがる必要ないのに……隠したって顔が赤いからバレバレだ。

まあいい。それよりさっさとクラスを確認しないと。できるなら主人公たちのクラスに近いといいな。

ドキドキといまだ収まらない胸の高鳴りと共に、俺はゆっくり校舎へ続く一本道を歩いていく。

ちなみに学園に入れるのは、学生証を持つ学生か、教師として登録された人か、事前に連絡を入れていた人物のみ。

割と厳しい検問が行われている。

▼△▼

学園の敷地内に足を踏み入れた。

校舎までは一本道だ。どんなことがあっても迷ったりはしない。

左右には芝生やら花壇やらが設けられ、学園の中にも拘わらず、多くの緑がそこにはあった。

ころころと切り替わる景色を眺めながら歩いていると、ほんの五分ほどで校舎の前に到着する。

すでに自分以外の生徒たちが、掲示板の前にあふれていた。

よく見ると、壁に各生徒のクラスが割り振られた紙が貼られている。俺がどのクラスなのか確かめたいが、残念なことにちょろっと見える範囲には名前がなかった。

もっと近付いて確認したいが……人多すぎぃっ！　彼ら彼女らが邪魔で、名前を確認しに行けない。

生徒たちが離れた隙にでも確認しよう。そう思ってその場で静かに待っていると、ふいに、集団の中から一人の目立つ女性が俺の前に姿を現す。

彼女は太陽のように美しい金髪を揺らし、透き通る碧眼《へきがん》で俺を見た。

互いの視線が交錯する。

俺は驚き、彼女は口を開く。

「あら……ヘルメス様ではありませんか。ごきげんよう」

「み、みみ、ミネルヴァ……嬢」

動揺を上手《うま》く隠せない。半ば素《す》の自分が出てしまった。

辛《かろ》うじて呼び捨てにすることはなかったが、それにしたってこんなに早く会えるとは……。

俺の目の前に——恋焦がれたメインヒロインがいる。

彼女の名前はミネルヴァ・フォン・サンライト。

ラブリーソーサラーのメインヒロインにして、俺と同じ公爵家の人間だ。

ルナセリア公爵家が、才能至上主義による幅広い活躍をするのと同じく、彼女のサンライト公爵家は代々、国王の側近——法を守る司法官としての任に就いている。

それゆえに、王国一の平等さと正義感を持つ。

「お、おはようございます……。奇遇ですね。こんな所で会うなんて」

やっべ、超どもる。落ち着け俺。クールになるんだ……冷静にヘルメスを演じろ。

「同じ新入生同士なんですから、学園で顔を突き合わせるのは当然かと。でも……ふふ。奇遇というのはあながち間違いではありませんね」

「え？　それってどういう……」

分かりやすく彼女は口元に笑みを刻んだ。不敵な表情にドキッとする。

「まだヘルメス様は、ご自分のクラスを確認していませんか？」

「これだけ人がいるとなかなか難しくて」

「でしたら私《わたくし》が教えて差し上げましょう。たまたまヘルメス様の名前も見かけたので答えられますよ」

「それは……ありがとうございます」

なんだか不思議と答えが分かったような気がした。

余計に高鳴る胸を抑えながら、彼女の答えを待つ。

たっぷりと五秒ほどの空白を置いて、ミネルヴァは続けた。

「ふふ……気にしないでください。ヘルメス様のクラスは——私と同じ一組でしたよ」

「——」

絶句する。

そんなことありえるのか？　と思わず言いそうになった。

ラブリーソーサラーのメインヒロインであるミネルヴァと同じクラスということは、それは必然的に、他のヒロインと主人公がクラスメイトってことになる。

ラブリーソーサラーの主要キャラクターは、全員同じクラスだからな。

「驚いてますか？　私も驚きました。ヘルメス様と同じクラスで嬉しいです」

「う……嬉しい？」

ミネルヴァがおかしなことを言う。

俺は首を傾《かし》げた。

「ええ、嬉しいです。前々からヘルメス様には興味がありましたから。歴史上初めてとなる全魔法属性の適性を持った人……誰だって興味くらい持ちますよ」

そう言って彼女は笑った。その微笑《ほほえ》みの裏に、ぞくりと背筋を震わせるほどの圧を感じる。

言われてみれば、ヘルメスの記憶に残る彼女は、何度も俺に声をかけてきていた。話の内容はよくある雑談だが、ヘルメスを見る水面《みなも》のごとき瞳には、怪しい光が宿っていたような気がする。

なんでミネルヴァがそんなに俺を？　まだ主人公と出会う前だから？

確かに同じ家格の子息と令嬢ではある。繋《つな》がりもそれなりにあった。

しかし、ゲームではありえない展開に、嫌な意味で心臓が高鳴る。ドックンドックンと暴れ、気分が悪かった。

「い、今はもう一人じゃありませんよ……高等部から入学する特待生が、俺と同じ全魔法属性の適性を持っているはずです」

「そういえばそうでしたね。なんでも平民の男性だとか。正直、同じ才能を持っているなら、私はヘルメス様のほうが気になります。ルナセリア公爵家という約束された血に、これまでの歴史をひっくり返すような特別な才能の持ち主……ふふ、興味は尽きませんね」

小悪魔っぽくミネルヴァは口角を上げて笑った。

こんな状況でもなければ非常に可愛《かわい》らしい姿だが、もっぱら話題が自分のことなので苦しかった。

心臓を鷲掴《わしづか》みにされているような気分である。

――ミネルヴァってこんなキャラクターだったっけ？　俺の記憶が確かなら、もっと鋭く厳しい印象があった。

だが、俺の目の前にいる美少女は、もはや俺の理想を叶《かな》えた未知の人物と化している。

知り合いだから？　好感度が違うから？　魅力のステータスが高いから？

原因と思われる要素は多々あれど、これといった確証は得られない。

あまりの異常事態に、わずかに動揺して後ろへ下がる。

その直後、誰かとぶつかった。

ドサッ、という音と衝撃が発生する。

「——きゃッ!?」

「おっと」

ぶつかった相手は女性だ。聞こえてきた声で分かる。

俺はすぐに体勢を整えると、耐えきれず転んでしまった女性のほうへ振り向いて手を伸ばす。

しっかり謝罪もセットだ。

「すみません。お怪我はありませんか?」

そう言って同時にヘルメスらしい笑みを貼り付けると、転んだ女性はびくりと肩を震わせる。

辛うじて聞こえる程度の声量で呟く。

「は、ひっ！　え、えっと……その……だい、じょうぶれす……」

全然大丈夫そうには聞こえない。

めっちゃ声がどもってるし、視線が左右へ超絶激しく泳いでいる。一向に俺と目を合わせてもくれない。

なんだか妙な既視感を覚えるな…………あっ、分かった。

この子あれだ、人見知りってやつだ。

前世でもこういう手合いはよくいた。というか俺も社会人になるまでは割と人見知りだった。

人の目を過剰に気にするし、あまり喋《しゃべ》らないから急に話を振られても困る。声がよく裏返ったりして恥ずかしかった。

……なんて俺の昔話はどうでもいいんだ。それよりこの子。

怪我してたら大変だし、コミュ症っぽいけどガンガン話しかけていいよね？　人見知りの人間は、話しかけられると意外と嬉しいものだ。内心でよく喜ぶ。ただし、親しい相手に限定されるが……。

最後の考えは気にしないで、俺は半ば無理やり彼女の手を取った。

「本当に大丈夫ですか？　遠慮しないでください。神聖属性の魔法が使えるので、軽傷くらいなら簡単に治せますよ」

女性を立たせる。

豊かでややクセのある髪がわずかに揺れる。ガラスのように美しい瞳が、さらに勢いを増してあっちへこっちへ視線を泳がせた。

もはや完全にパニック状態だ。彼女と俺が知り合いだったら、もっと気楽に話が成立すると思うのだが…………って、んん？

彼女を立たせてみると、不思議とその顔に見覚えがあった。

これは俺の記憶じゃない。恐らくヘルメスの記憶だ。もうあと一歩で思い出せそうな雰囲気に、思わず俺は彼女の顔を凝視する。

そこへミネルヴァの制止が届いた。

「そ、それくらいにしてはどうですか、ヘルメス様。アルテミスさんも困っていますよ」

「アルテミス？」

ミネルヴァが答えを出してくれたおかげで、俺は完全に目の前の女性を思い出す。

彼女の名前はアルテミス・フォン・アスター。

冒険家で有名なアスター伯爵家の令嬢じゃないか！

ヘルメスの記憶によると、彼女の父親と俺の父親はかつて学友だったらしい。その繋がりも含めて、俺とアルテミスは面識がある。

けど、アルテミスはともかく……アスターなんて家、キャラクターも含めてゲームでは出てこなかったよな？　俺と同じモブか？

まあいい。それより、なんだかミネルヴァの声が先ほどより低く聞こえたような？　若干怒ってる気もする。たぶん気のせいだと思うが。

「そうか……彼女は俺の知り合いか。うんうん、なら問題ないな」

ぼそぼそと誰にも聞こえないくらい小さな声で呟き、続けて、

「ごめんね、アルテミス嬢。君を困らせるつもりはなかったんだ。ただ純粋に、君に怪我がないか心配でね。痛いところがあったら言ってほしいな。俺たちの仲だろう？　遠慮しないでくれ」

これまでの会話を置き去りにするほどの気さくさでアルテミスに声をかけた。

背後でミネルヴァが、

「まさか……忘れていたなんてことありませんよね？」

と疑問を口にしていたが無視する。余計なことを言わなくていい。せっかく綺麗《きれい》に着地できそうなのに。

「ひえっ！　だ、大丈夫れす……こ、ここ、こちらこそ、私ごときがヘルメス様に体当たりなどか

まして厚かましいといいますか指の一本でもへし折ったほうがいいですよね!?」

「えぇ……」

一息でアルテミスはつらつらと恐ろしい言葉を並べる。

人見知りのくせに言葉の迫力だけはあるから、びっくりして素《す》が出た。

無理やり咳払《せきばら》いで空気を切り替える。

「ご、ごほんごほん！　別に俺は気にしてないよ。こっちも後方不注意だったし、お互い様さ」

どちらかと言うと完全に俺が悪い。彼女はただ俺の後ろを通っただけだ。

「だから指を折るなんて悲しいこと言わないでくれ。目の前でそんな真似されたら俺が困る。でもよかった。アルテミス嬢に怪我がなくて」

結構強引に話を終わりに持っていく。

このままアルテミスと会話していると、自分まで調子を外しそうだった。それに、後ろからピリピリとした視線を感じる。

ちらりと背後に視線を向けると、こちらを見つめていたミネルヴァと目が合う。

彼女はわずかに頬《ほお》を膨らませて、

「さっきまで私と話していたのに……！　もう無視なんですね！」

ぶつぶつと何かに怒っていた。

周りの生徒の声がうるさくて半分も聞こえない。だが、雰囲気から怒っているのだけは伝わった。

「う……うぅ！　本当に、本当に大丈夫ですからぁぁぁ!!」

「あっ……」

空気を引き裂くような叫び声を発して、アルテミスが校舎のほうへと走り去っていく。

割と足が速い。レベルを上げているのか、もしくはステータスのＡＧＩが高いのか。どちらにせよ、彼女の背中は一瞬で消えた。

「行っちゃった……」

「行っちゃいましたね……」

俺もミネルヴァも、三十秒ほど呆《ほう》ける。

「で、では！　せっかくですし私と――」

「じゃあミネルヴァ嬢、俺はこれで。クラスを教えてくれて助かった――よぉ!?」

手を振って彼女の傍から離れようとすると、次の瞬間にはぐいっと衣服越しに背中を掴《つか》まれた。

「へ、ヘルメス様？　ここにか弱い女性が一人いますよね？」

「か弱い？」

俺が知るミネルヴァは、全然まったくこれっぽっちもか弱くないよ？

剣も魔法もできる万能型だ。成績は常に上位をキープしてる。ほら、か弱くない。

「ヘルメス様？」

「――いますね。確かにか弱いレディが。ミネルヴァ嬢は美しくも儚《はかな》い美少女だ！」

「ありがとうございます。ではそんな美少女がいるのに、あなたはどこへ向かおうとしましたか？同じクラスの美少女を放置して」

「……自分のクラスです」

「一人で？」

「はい」

「一人で？」

「……はい」

「一人で？」

「…………」

え？　何これ怖すぎる。

正解を選ばないと無限にループするＲＰＧの選択肢？　勇者よ、魔王を倒しに旅立つのじゃ！のフラグじゃないよね？

……あ、この世界、元はＲＰＧだったわ。

「ひ・と・り・で？」

「も、もちろんミネルヴァ嬢とご一緒に、ですよ」

恐らく答えはこれで合っているだろう。

でなきゃわざわざミネルヴァが俺を止めたりしない。問いかけの意味もなくなる。

「あらあらまあああ。ヘルメス様がそこまで仰《おっしゃ》るなら、ご一緒しましょう。雑談のお相手を頼めるかしら？」

「……喜んで」

そこまで言ってようやく、ミネルヴァの拘束が解かれる。

彼女と並んで教室まで向かった。

道中、ミネルヴァはやたら楽しそうに会話を繰り広げる。何がそこまで楽しいのやら……。

――もしかして友達いない？　とか言ったら殴られそうなので口にはしなかった。

▼△▼

キーンコーンカーンコーン。

教室の中でミネルヴァと会話をしていると、校内中に鐘の音が響き渡る。

直後、クラスメイトたちが大人しく席に座る姿が見えた。

俺とミネルヴァはこれまた偶然で、席が隣同士だった。

そのまま正面奥の教卓へ視線を向けると、少しして教室に担当の教師が現れる。

入り口から入ってきたのは、ラブリーソーサラーで見たことのある女性だった。

「皆さんこんにちは。私は今日からあなたたちの担任をすることになった、テレシア・ベルナルです。少なくとも一年間はよろしくね」

テレシア・ベルナル。

彼女はラブリーソーサラーのサブキャラだ。

子爵家の令嬢で、若くして教師の資格を得た秀才。何でも彼女は、二つの魔法属性を操ることができるらしい。

魔法属性は一人一つまでが一般的だ。かなりの才能だと言える。

クラスに集まった生徒たちは、声を揃《そろ》えて挨拶をした。

それを聞いてから、彼女はさらに続ける。

「今日は簡単な挨拶と連絡事項を伝えて終わりです。授業は明日から開始になります」

「連絡事項？」

一番前の席に座る生徒が首を傾げる。

テレシア先生はこくりと頷《うなず》いた。

「ええ。とても大事な話よ。最近、王都で複数の誘拐事件が発生しています。中には貴族の子息や令嬢も攫《さら》われているらしいわ。もし休日に外出するなら気をつけてくださいね」

「……誘拐事件？」

思わず俺は呟いた。

――何の話だ？　ゲーム序盤にそんな話題は出てこなかったぞ。

「おや？　ヘルメス様はご存知《ぞんじ》ありませんか？　ここ数ヶ月ほどの間に頻発した事件の話ですよ」

隣に座るミネルヴァが耳聡《みみざと》く俺の呟きを拾う。

さらに疑問が増えた。

「ここ数ヶ月の間に起きた事件……それって詳しくはどんな内容ですか？」

「詳しくも何も、内容は先ほどテレシア先生が仰ったとおりです。複数の犯罪者による無差別誘拐。被害に遭ったのは、貴族の子息や孤児とバラバラです。繋がりもないようですよ、どうやら」

「無差別の誘拐事件……やっぱり変だな」

「変？」

「ああいえ、こっちの話です」

ミネルヴァから視線を外して、明日以降の学校行事の説明をするテレシア先生を見た。

彼女を見つめながら他のことを考える。

――誘拐事件？　いやいや。なんだそれ。ゲームには出てこなかった展開だぞ、どうなってんだ。

少なくともラブリーソーサラーの序盤は、最初の授業でヒロインと剣を交えたり、一緒に魔法を練習したりする恋愛パートだ。

不穏な動きが現れ始めるのは、個別ルートに進みだす二年生編からだったはず。

気になる事件だ……ちょっと自分でも調べてみようかな？

もしかすると、俺が異世界転生したことで起きたイレギュラーな事件である可能性が高い。

最悪の場合、主人公やヒロインのために、俺がその事件を解決したほうがいいまである。

もちろん別の誰かが解決するならそれに越したことはないが、不思議と自分が巻き込まれるような気がしてならない。

とにかく、もっと詳しい情報を集めよう。あとでテレシア先生に訊《き》かないと。

そう思いながらも、ざわつく思考を逸《そ》らし、不穏な考えに気づかないフリをした。

▼△▼

進学式がつつがなく終わる。

前世でよくある体育館やら講堂に集まって、長々と学園長の話を聞くようなイベントはなかった。

ゲームでもその部分は省かれていたが、二次元にしろ三次元にしろ本当にいらない。校長の話は、八割世間話だと相場は決まっている（偏見）。

テレシア先生が教室から出ていく様子を見送って、俺はすぐに彼女を追いかけた。

後ろからミネルヴァが何か喋っていたが、それを聞き届ける前に教室を出る。

ゆっくりと廊下を歩いている彼女に声を投げた。

「テレシア先生！　ちょっといいですか」

「？　ヘルメス君、どうかしましたか？」

テレシア先生が頭上に疑問符を浮かべながら、足を止めてこちらに振り返る。

「急に呼び止めてすみません。先ほどの誘拐事件の話を詳しく聞きたくて」

「誘拐事件の話？　そこまで語れることはありませんよ？　先ほどほとんど話し終えましたし……」

「他には本当に何もないんですか？　たとえば犯人の目星とか」

「それなら、街を守る騎士の方が『相当腕の立つ剣士がいた』という話をしていましたね。他はゴロツキらしいですよ。ただ、練度はかなりのものだとか」

「腕の立つ剣士？　ゴロツキながらに統率の取れたグループ……」

うーん……俺の記憶にはそんな犯罪者集団はないな。

腕の立つ剣士なんて探そうと思えばいくらでもいるし、ゴロツキだって王都にもたくさんいる。

その中でもトップクラスの犯罪者組織といえば、ゲームが始まる前に、王国の騎士たちに壊滅させられたはずだ。

誰なんだ、いったい。その腕の立つ剣士っていうのは……。

「治安が悪くなると恐ろしいですよね。我々は学園に寮があるから安全ですが、なんだか無駄にそわそわします。せめて剣聖グレイル様が王都にいればよかったのに……」

剣聖――グレイル・フォン・ウィンター。

王国の騎士団を率いる騎士団長にして、王国最強たる剣聖の称号を持つソードマスターだ。その実力は、レベル60のボス級モンスターを単独で討伐できるほど。

正真正銘、主人公を除けば本作最強キャラクターの一角だ。

他にもグレイルは、ラブリーソーサラーのメインヒロインが一人、フレイヤ・フォン・ウィンターの実父でもある。

フレイヤのルートでは、グレイルがお助けキャラとして登場するのだが、その強さは大変頼もしいものだった。

しかし、そんな剣聖様も、本編序盤は上級ダンジョンへ訓練をしに行っている。戻ってくるのは当分先の話だ。

「そういうわけで、ヘルメス君も休日のお出かけの際にはご注意を。特に夜間は絶対に外を出歩かないように」

「分かりました。お話ありがとうございます」

笑顔でお礼を言ってテレシア先生と別れる。

テレシア先生は俺の笑顔を見るなり若干顔を赤くしていた。恐るべき俺の顔面チートよ。

ただ笑いかけるだけで、同級生も年上もイチコロだ。

まあ見てる感じ、魅力のステータスは印象をよくするだけの効果だ。笑顔を見せればこの世全ての異性がヘルメスに惚《ほ》れるというわけではない。

むしろそれくらいでよかった。さすがにモテすぎたら日常生活に支障をきたす。

テレシア先生の背中が見えなくなったので、俺も反対側へ歩き出した。

校舎の外に向かっているわけではない。テレシア先生から事件の話も聞けたことだし、次は当初の目的を果たしに行く。

そこは……俺たちの教室がある第二棟ではなく、巨大な図書室がある第三棟だ。

なぜ俺が進学式を終わらせて早々に図書室へ向かうのか。答えは簡単だ。

王立学園の図書室で、ある物を見つけるため。

そのある物とは——。

「——お、発見発見と」

図書室に足を踏み入れてすぐに、目当てのブツを見つけた。

数ある本棚の中からそれを抜き取る。

「これがリアルの〝中級魔法の書〟か。見てくれはただの本だな」

そう。俺が図書室に足を運んだ理由がこの魔法書だ。

中級魔法の書は、名前のとおり中級魔法の習得方法が書いてある。

俺が転生しておよそ一ヶ月の間に読んだ〝初級魔法の書〟の完全上位互換、続刊といえる本だ。

それを、全ての属性ぶん棚から取り出す。

合計六冊の本が俺の手元にあった。

パラパラと本を開いてページを捲《めく》る。ふむふむなるほど……。

「中級の魔法書は、主に魔力の操作と制御に重きを置いてあるな。具体的な例もいくつか見られる」

いわゆる、技一覧みたいなものがページには記載されていた。
火なら球体から矢、火炎放射器のように炎を広げて放つ攻撃方法まで様々だ。
風とか飛行が可能らしい。ただし調整をミスると大怪我する。

「いいねいいねぇ！　俺のイメージに新たなアイデアを与えてくれそうだ。けど、一つだけ残念な部分もあるな」

それは、

「この魔法書を借りることができれば最高だったのに……」

魔法書の貸し出しに関するルールだ。

魔法書自体かなり貴重な物で、盗難防止の策として貸し出し不可になっている。
おまけに物理的にガードするためか、本には太い鎖が繋がっていた。一定の範囲から離れることもできない。

「しょうがないな。中級魔法がある程度使えるようになるまでは、しっかり図書室に通おう。なに、試験前の勉強だと思えば気も楽になる」

気分はさながら前世の学生時代だ。

そういえば進学から一ヶ月ほどで、ラブリーソーサラーの最初の共通イベントが始まる。内容は試験だったな。

ついで学力のステータスも上げておくか。

今後の計画を立てながら、こっそりと魔力操作の練習を行う。

さすがに魔法を使ったら、司書の人にバレて出禁になるので、比較的安全な魔力操作のみに集中する。

昼食を摂《と》るのも忘れて、鍛錬に熱中した。

▼△▼

翌日。

王立第一魔法学園の男子寮で目を覚ます。ここは俺の自室であり、起き上がったのはベッドの上。

「ふぁ〜〜〜〜！」

大きな欠伸《あくび》を漏らし、目をこすりながらベッドから降りる。

今日から本格的な授業が始まる。確かカリキュラムによると、午前中は一般教養や座学をメインに。午後は剣術や魔法の実技訓練が行われる。

個人的には座学にあまり感心がない。もっぱら俺の興味は午後の実技訓練にあった。

「剣術はともかく、魔法を自由に使いまくれるのは嬉しいよなぁ……おまけに他の生徒の魔法まで見れるときた」

服を着替えてからフランが運んだ朝食を摂る。

ちなみにフランは、使用人用の寮に泊まっているらしい。ゲームの主人公は平民だったから使用人がおらず、彼女はどこで生活するのだろうかと思っていたら、ちゃんと考えられていた。

もちろん今食べてる朝食は、彼女がその寮で作ったわけじゃない。学園に常駐するプロの料理人の手作りだ。

それを食べて、遅刻しないうちに教室へ向かう。

今日も一日、楽しい時間を過ごせる予感がした。

▼△▼

「おはようございます、ヘルメス様」

「おはようございます、ミネルヴァ嬢」

チャイムが鳴る前にフランと共に教室へ入ると、すでに自分の席に腰を下ろしていたミネルヴァに挨拶される。

彼女の使用人であるメイドが俺に頭を下げ、フランもまたミネルヴァに対して頭を下げる。

こういう貴族と使用人の格差みたいなものは、転生してから一向に慣れない。

「今日から授業が始まりますね。私《わたくし》はずっと楽しみにしてました。中等部では一般教養と座学ばかりでしたから」

「そうですね。俺も実は楽しみにしてました。ミネルヴァ嬢の魔法にも期待していますよ」

彼女は可愛いだけじゃない。ラブリーソーサラーのメインヒロインとして、火属性魔法への高い適性を持つ。

おまけに剣術も学年トップスリーに入るくらいの技量だ。全てにおいて俺の参考資料になる。

「ふふふ。ヘルメス様に期待されるほどの結果を出せるかは分かりませんが、精一杯頑張らせていただきますね？　……ですが、それはこちらも同じこと。ヘルメス様の才能を存分に堪能しますわ」

くすくすくす、とミネルヴァが笑う。その所作ですら高貴なオーラを感じた。推しだけあって、もの凄《すご》く可愛く見える。

「ではでは、俺もミネルヴァ嬢にガッカリされない結果を残すとしましょう」

キザなヘルメスらしく、こちらも不敵な笑みを返す。

俺の第一目標は魔法の研究だ。それに不必要な行為は控えるが、恐らくどうせ目立つ。

この世界で二人しかいない、全属性魔法の適性持ちってだけですでに目立ってるしな。

「――っと、どうやら授業が始まりますね」

会話の途中、校内に盛大なチャイムの音が響き渡る。

テレシア先生が来る前に、俺はミネルヴァの隣に腰を下ろした。他の生徒たちも続々と席に座っていく。

しばらくすると、教室にテレシア先生が入ってきた。

「おはようございます皆さん。出席を確認した後、授業を始めましょうか」

▼△▼

王立第一魔法学園の午前授業が始まる。

授業の内容はよくある平凡なものだ。

前世の中学校で習うくらいの学習内容に、座学がほとんど。たまに鍛冶や魔法に関する話が出てくるのは面白かった。

現在は四時間目くらいの授業中。

テレシア先生が話し始めたのは、ラブリーソーサラーにおける歴史だった。

「……そういうわけで、かつて国王陛下から勇者に任命された男性が、世界を支配しようとした邪悪な魔王を討伐。人界と呼ばれる人間領域に巣食うモンスターを次々と駆逐していきました。今でこそモンスターの数は、一定数を上回ることはほとんどありませんが、過去には幾度も戦争が繰り返されていたそうですよ」

真面目にテレシア先生の話に耳を傾ける。

内容自体は、前世でも見たり聞いたりした覚えがあった。詳しくは知らなかったが、どうやらこの世界は、〝人界〟と〝魔界〟という二つの領域に区切られているらしい。

人界は主に人間が住む領域だ。王国や帝国、皇国などが存在する。

逆に魔界は、モンスターと魔族が蔓延《はびこ》る領域で、そちらにも魔族たちが築いた国家があるとかないとか……何それワクワクすっぞ。

ちなみに魔族とは、人型モンスターの名称だ。人間より強靭《きょうじん》な肉体を持ち、人間より遥《はる》かに強大な力を操れる種族。

ぶっちゃけ魔族が人間に勝てなかった理由は、その個体数の少なさだ。言ってしまえば魔族は、繁殖能力が極端に低い。

個の力は圧倒的なのに、最後は勇者を含めた大軍に押し切られて負けた。

一応、絶滅させることはできず、人間領域から追い出すのが精一杯だったとか。

今でこそ平和になった世界も、そんな血みどろの歴史を繰り返している。そこは地球も異世界も変わらない。

ちなみのちなみに、ラブリーソーサラーには魔族は出てこない。

理由は単純だ。あまりストーリーに関係のないキャラクターだったから。

ではなぜ俺が魔族のことを知っているのか。それも単純だ。

公式サイトに情報が載ってた。端のほうにちらっとだけ。どういう種族かが。

「なお、勇者様が使っていた『聖剣』と呼ばれる武器に関しては、謎が多く、数百年経《た》った現在でも発見されていません。何でも、輝きを放つ青白い剣身が特徴的だったとか。一度でいいから見てみたいものですね」

おーおー。魔王ときて、勇者ときて、聖剣も出てくるのか、この話には。

ゲームだった頃には名前すら出てこなかった情報が、転生したあとでポンポン湧いてくる。

正直、ファンにはたまらない展開だった。偶然聖剣を見つけたりなんかしたら、確実に俺の研究材料行きだな。秘匿して誰にも教えない。

「最後に、魔王に関しての話ですが、最も強大な力を持つ魔王は、かの勇者ですら殺しきることはできなかったそうです。先ほど話した聖剣と特別な力、それにアイテムを用いてどこかに封印されているらしいです。しかしご安心ください。その封印を解く方法は、当時の勇者様が誰にも話さないまま墓場まで持っていきました。長生きしている魔族でもいないかぎり、封印の状況すら敵は知りません」

そうそう、封印封印。これはゲームのシナリオどおりの展開だな。

もしこの世界の運命《ストーリー》がゲームのとおりに進むなら、最後の最後で魔王の復活《リポップ》がお約束だが……ラブリーソーサラーにそのような展開は存在しない。

恐らくこの世界で俺だけが知ってるラスト、それは――。

キーンコーンカーンコーン。

校内にチャイムの音が響く。

「……どうやら授業はここまでのようですね。皆さんお疲れ様でした。これで午前中の授業は全て終わります。昼食後は剣術の実技訓練が行われますので、第一棟にある第一訓練場に集まってくださいね。くれぐれも遅れないように」

それだけ言って、テレシア先生は荷物をまとめるなり教室を出ていった。

すっかりクラスは昼休みモードだ。

▼△▼

昼食を摂って午後。

テレシア先生に言われたとおりに、第一訓練場に足を運ぶ。

服装はしっかり動きやすい服に着替えた。いわゆる運動着というやつだ。肌に貼り付く感じがどうにも慣れない。

「お前ら集まったな。第一訓練場にようこそ！　俺はサイモン・ゲイティス。しがない騎士で、今はこの学園の教師をやっている。主に剣術訓練の担当だ。たまに座学も行う。よろしくな」

授業開始の鐘が鳴り終わると、訓練場に現れた大柄な男――サイモン先生が大きな声で話し始めた。

声がすっごいデカぃ。うるせぇ。

「早速だが、軽く木剣で素振りをしてから打ち合いに入る。中等部での常識は捨てろ。高等部からはより実戦的な授業を行うからな！」

俺を含めた全生徒が「はい」と返事をし、楽しみだった午後の実技授業が始まる。

俺たちは言われたとおりに木剣を振った。

「ほう……さすがに何人かは筋がいいな。両親の才能を引き継いでやがる」

じろじろと素振りをする生徒を眺めたあとで、サイモン先生は何人かの生徒に目を付ける。恐らく視線を感じたので俺もその中に入っているのだろう。

一応、俺は天才一族の後継者だしな。

「――よし！　素振り止《や》め！　次は二人一組になって打ち合いだ！」

「なっ!?」

サイモン先生の言葉に俺は戦慄した。

そ、それってあれだろ？　古《いにしえ》の恐怖『体育の授業で自由にペアを組んでいい』と言われるやつだ。

ぼっちにはあまりにも残酷な公開処刑。最終的に『なんだお前、余ってるのか？　じゃあ先生とペアを組もうか』と言われるやつだ知ってる！

ひぃぃぃ！　前世の記憶が脳裏をよぎる。

幸いにも俺は、仲のいい友達がいたから平気だったが、ぼっちを自分に置き換えてみるとこれほどの恐怖はない。

慌てて周りを確認すると、元から仲がよかった何人もの生徒たちがペアを組んでる様子が見えた。

――や、ヤバい！　このままでは、公爵子息でありながらイケメンでもあるヘルメスがぼっち認定されることに……！

誰でもいいから声をかけないといけない。そう思っていると、

「ヘルメス様。私と剣を交えていただけませんか？」

「み、ミネルヴァ嬢」

ミネルヴァが俺に声をかけてくれた。

これでぼっちにはならない。そのことに喜び、二つ返事で「よろこんで」とカッコつける。

直後に気づいた。

――あれ？　これってどこかで見たことがあるような……。

ヘルメスではない俺の記憶を探る。

「――あっ!?」

思い出した。ラブリーソーサラーのメインヒロインに声をかけられ、刃《やいば》を交えるのは、ゲーム序盤の恋愛パートじゃないか！

よりにもよって、パケ絵センターを飾るミネルヴァに声をかけられるとは……。

まずいと思って主人公アトラスくんのほうへ視線を向ける。主人公に恨まれるなんてごめんだ。

「……うん？」

しかし、妙な光景が映った。

明るい茶髪に人畜無害そうな顔のアトラスくんだが、なぜか……モブ女子生徒に声をかけている。

――え？　ヒロインはどうしたの？　何これどういうこと？

本来のシナリオから逸脱したアトラスくんの行動に、思わず俺の思考はフリーズする。それを解凍してくれたのは、声をかけてくれたミネルヴァだった。

「ヘルメス様？　どうかされましたか？」

「――っ!?　いや……何でもありません」

アトラスくんの奇行も気になるが、今はペアに誘ってくれたミネルヴァの相手が先決だ。

もやもやする心を無理やり抑えつけ、ミネルヴァのほうに視線を移した。

「打ち合い、よろしくお願いします」

「？　はい。こちらこそよろしくお願いします」

そう言って俺とミネルヴァで剣術の模擬戦が始まる。

こんな展開、俺は知らない。軽くパニックに陥るものの、ミネルヴァの誘いを断ることもまたできなかった。

アトラスくんの一件は置いとくとして、先にミネルヴァと剣を交える。


「それではいきますよ、ヘルメス様」

「いつでもどうぞ。胸を借りますね」

「借りるのはこちらのほうかと思いますが……とりあえず――始めます！」

言い終えるのと同時に、ミネルヴァが地面を蹴った。

この世界の戦いは、ステータスと呼ばれる加護の力が働くため、基本的にかなり離れた位置から戦闘を始める。

　具体的には、三メートル以上は距離を保つ。そこから超人ばりの脚力で相手に近付き、腕力なり技術なりを駆使して勝利を収める。

　この馬鹿げた距離感にはちゃんと理由がある。それは、この異世界特有の能力——魔法の存在だ。

　魔法は距離を取ることで一方的に遠距離から攻撃できる。それゆえに、いつでも対応できるよう相手との距離を離して戦うのだ。たとえそれが剣だけであっても。

　最初はフィジカルがものを言う戦闘スタイルだなぁ、と思っていた俺も、ここ一ヶ月ほどの父との打ち合いですっかり慣れた。

　懐に飛び込み、鋭く剣を振るミネルヴァの攻撃を防ぐ。

　カーン、という乾いた音を皮切りに、ミネルヴァの連撃が炸裂《さくれつ》する。

　ほぼ全て、彼女の刃は人体の急所を捉えていた。中でも首を狙う攻撃が多い。

　司法官の娘のくせに殺伐とした剣術だなぁ。怖すぎるよ、この世界の住人。

　だが、相手を殺すことに特化した剣か……いいね。俺も真似してみよう。

　何回かの攻防のあと、俺は急に構えを変えた。

「——ッ!?」

　ミネルヴァはすぐにその違和感に気づく。

　そりゃあそうだ。彼女とまったく同じ構えなんだから。

「何かの冗談ですか？　それは」

　剣を構えながらも、ミネルヴァがくすりと笑う。

俺も彼女に倣って笑みを作った。

「いいえ、まだ習っていない剣術だったもので。試させてもらいますね」

「私も舐《な》められたものですねっ！」

ミネルヴァが先ほどよりさらに速く動く。

ほんの一瞬で俺の懐に入った。狙いは左のふくらはぎ。ここを攻撃されると、機動力が半減する。

咄嗟《とっさ》に木剣を下から掬《すく》うように左へ斬り上げた。ミネルヴァが振り下ろす刃と激突する。

何度目かの乾いた音を鳴らし、攻守交替。

今度は俺が動く番だ。

ミネルヴァの動きをなぞるように彼女の懐へ入る。

狙いは正確に急所、特に首を念入りに攻撃してみた。当然、それらは彼女に防がれる。

だが、大きな衝撃を与えることには成功した。こちらの攻撃を防御したあとで、バッと大袈裟《おおげさ》にミネルヴァは距離を取って後ろに下がる。

彼女の表情にはありありと驚愕《きょうがく》が浮かんでいた。

「い、今のは……私の!?」

「自分で使うと、まだキレが甘いですね。急所を狙おうとするとわずかに重心がズレる」

これまで俺が父に教わってきた剣術は、王道と言われる基礎的なものが多い。

それに対してミネルヴァの剣術は、攻めに特化した実戦剣術。殺すための刃だ。

司法官らしいと言えば司法官らしいのかな？　まだ見ぬ新たな技術に胸が高鳴る。ヘルメスの才能なら、あと何度か斬り結べばミネルヴァの技術を吸収できるだろう。

つくづくチートスペックだな、俺。

「さあ、もっと打ち込んできてください。俺にミネルヴァ嬢の剣術を見せてくれ——くださいよ！」

あっぶね。熱くなって素が出そうになった。

「ふ……ふふ。ふふふ。天才ということは知っていましたが、まさかたった一度の打ち合いで、私の技が奪われるとは……背筋が震えましたよ、ヘルメス様」

ミネルヴァがぎゅっと剣を握り締める。彼女の表情に、悔しさのような感情が滲んでいた。

「けれど、簡単に奪えるとは思わないでくださいね。それより先に私があなたを倒します」

再び俺とミネルヴァの攻防が始まる。

ヘルメスの成長速度を超えるため、ミネルヴァは防御度外視の戦法に出た。

攻撃の鋭さが増す。

しかし、俺はあえて反撃せずにそれを捌《さば》いた。彼女の姿を自分に投影する。

間合い。足運び。視線。手首の捻《ひね》り具合。連撃の型。連撃の隙。

全てを分析し、俺なりにまとめる。

だんだん自分の意識が戦いの中にのめり込む。

集中力が極限まで研ぎ澄まされ、俺の剣術も飛躍的に成長を遂げていく——。

▼△▼

カーン。

木剣同士がぶつかり、乾いた音が響く。

この音を聞くのも何回目か。もはや数え切れないほど衝撃音を奏でた。

その果てに、大量の汗を流すミネルヴァの動きが止まる。

肩で荒い呼吸を繰り返し、スッと剣の切っ先を床に落とすと、残念そうに首を左右に振った。

「どうやら……私の負けですね。もうまともに剣が振れません」

彼女が降参したことで、俺の模擬戦が終わった。

構えを解いてから気づく。周りの視線がこちらに集中していることに。

ぽつぽつと生徒たちの呟きが聞こえた。

「今の凄い打ち合いだったな……さすがミネルヴァ様とヘルメス様だ」

「ヘルメス様、途中からミネルヴァ様と同じ構えになってなかった？　真似したのかな？」

「いやいや、さすがに実戦の最中に相手の剣術を真似できるわけないだろ。リスクのほうが高すぎる。きっと元から知ってたに違いない」

「まあそうか。普通に考えて」

確かに彼らの言うとおりだ。戦闘の最中に相手の技術を盗むなんて真似、あまりにも危険すぎる。下手《へた》したら大幅に自分の戦闘能力を弱体化させることになるし、相手が積み上げた経験値も簡単には奪えない。

技術とは、完成に時間と経験が必要になる。

しかし、ことヘルメスにかぎっては話が違った。この体は凄い。たった一度の打ち合いでミネルヴァに近づけた。その上で、自分の学んできた剣術も取り入れ、極力、攻撃の際に生まれる隙を埋めることができた。

特に間合いの管理に関してはかなり勉強になる。ミネルヴァの剣は攻撃に秀でているからこそ、より効率よく相手を殺すために間合いの管理が上手いのだ。

まだまだ荒いが、これを詰めていけば俺はさらに強くなれる。

「ふふ、ははは！　最高だ。このいくつもの技術が混ざって一つの可能性が生まれる瞬間……これが一番気持ちいい！」

グッと拳を握り締め、自らの成長を実感する。

そこへミネルヴァが近付いてきた。

「お疲れ様でした、ミネルヴァ嬢。何とか体力の差で勝つことができました」

「お疲れ様でした、ヘルメス様。ヘルメス様の才能は素晴らしいの一言に尽きますね。きっともう一度戦ったら……」

スッと、ミネルヴァの視線が床に落ちる。雰囲気が暗かった。俺に簡単に技術を真似されたのがそんなに悔しいのかな？

俺だったらむしろ、ライバルが増えるのは嬉しい。ライバルの強さ、数だけ自分もまた成長できるってことだから。

もちろん、人の精神がそう簡単に嫉妬の感情を無視できるわけじゃない。悔しい気持ちも妬ましい気持ちも大いに結構。俺だってその感情を抱くことはある。

けど、足を止めちゃいけない。自分だけが特別であるはずがない。いつかは負けるし、いつかは越えられる。

そこで諦めずに歩み続ける奴《やつ》が最後には強いのだ。

「元気を出してください、ミネルヴァ嬢。俺はまだまだ、あなたの剣術をモノにできていません。それに、ミネルヴァ嬢だってまだまだ成長の途中。もっともっと強くなれますよ。何なら俺も協力しますし、一緒に強くなりましょう」

「ヘルメス様……」

俺なりに精一杯、励ましの言葉を彼女に送る。

するとミネルヴァは、どこか憧れに近い感情を青色の瞳に乗せて俺を見た。

徐々に顔色がよくなっていく。

「ありがとうございます、ヘルメス様。最後まで私を見捨てないでくれますか？　なんて……」

「見捨てませんよ。ミネルヴァ嬢こそ諦めないでくださいね。ミネルヴァ嬢には才能があります。それを捨てるのはあまりにももったいない」

「ふふ。ヘルメス様はまるで……いえ、何でもありません。どうぞこれからもよろしくお願いしますね」

差し出された彼女の華奢《きゃしゃ》な右手。それを握り返すと、タイミングよくサイモン先生の声が耳に届いた。

……ん？　あれ？　ミネルヴァと仲良くなったらダメじゃね!?

——空気に呑《の》まれた!?

▼△▼

そんなこんなで、午後の授業が終了した。

着替えのために更衣室へ行き、そこで私服に着替える。

準備を済ませた俺は、そのまま第一訓練場のある第一棟を出て、まっすぐに男子寮へと向かった。

するとその途中で、何やら廊下に座り込む女子生徒の姿が見えた。

先ほど授業が終わったばかりだというのに、散乱した本に周りを囲まれている。

あのクセのある髪は……。

「――アルテミス嬢？」

「はひぃッ!?　だ、だだ、誰……あ」

お互いに視線が交錯する。

わずかな間を置いて、アルテミスが後ろに飛び跳ねた。

「へへへ、ヘルメス様ぁ!?」

「こんにちは。奇遇だね。こんな所で何を？」

「いいい、いや、そそ、その……」

激しくどもりながらも、彼女の視線は下に落ちていた。

床だ。よく見なくても、彼女の足元にはいくつもの本が転がっている。

「えっと、これは……ダンジョンに関する本かな？」

近くにあった本をひょいと拾う。

表紙を見ると、俺も興味をそそられる内容だった。

「うっ……そ、それは……」

「興味あるの？　ダンジョンに」

にこりと笑って訊《たず》ねる。

彼女は顔をわずかに赤く染めると、恥ずかしそうに、か細い声で頷きながら呟いた。

「は、はいぃ……少しだけ、興味が……」

「いいね。実は俺もダンジョンが好きなんだ。よかったら、一緒にダンジョンにでも行くかい？　俺がいろいろ教えてあげられるかもしれない」

「へへへ、ヘルメス様に!?　そそ、そんな……恐れ、おおいです……」

「そんなことないさ。ダンジョンの中では貴族としての位なんて何の意味も持たない。全て己の実力で決まる。――そうだろう？」

「ヘルメス、様……」

「なんてね、ただのジョークだよ。でも、何かあったら頼ってくれて構わない。ダンジョンは俺の得意分野だから」

ぱぱぱっと彼女が落としたであろう本を数冊拾い、アルテミスに手渡す。

女性が一人で持つには重そうな量だな……そりゃあ落とすのも無理はない。

時間はあるし、ここは、

「それはそれとして……どこに行くの？　俺も一緒に本を運ぶよ」

と提案した。

「嫌です!?」

「おお、全力の拒否《きょひ》」

まさかそこまで強く拒否られるとは思っていなかった。

心に小さなダメージを負う。

「嫌ならしょうがないけど……ほら、重そうだから」

「ヘルメス様にそんな……雑用させられません！」

「だから嫌ってこと？」

「は、はいぃ……」

尻すぼみに彼女の声は小さくなっていく。

小心者だねぇ。凄くいい子なんだけど。

「なので……きょ——今日はこれでぇぇぇ！」

「あ、ちょッ!?」

止める暇もなく、アルテミスは本を抱えてどこかへ走っていってしまった。

その背中が見えなくなると、

「ビビりすぎじゃない……？」

俺はくすりと小さく笑った。

彼女、なんだか可愛いな。

▼△▼

翌日。

昨日はミネルヴァとの剣術実技で思わぬ展開になったが、そんなことも忘れて今度は魔法実技の授業に臨む。

時刻は十三時。

魔法訓練用の施設、第二訓練場に足を踏み入れた俺を待っていたのは、我らが一年一組担当教師テレシア先生だった。

彼女は魔法に関して優れた才能を持つ。生徒の魔法実技担当でもなんら不思議じゃない。

「午前の授業ぶりですね皆さん。本日は午後の授業を私が教えます。といっても、さすがに剣術と違っていきなり魔法で戦え——というのは酷なので、まずは基礎的な練習をしましょう。中等部でもやりましたよね？　魔力の操作および制御です」

さらっとそう言いながら、テレシア先生は手元に小さな炎の球体を浮かべる。

魔力の集束と制御が非常に滑らかだ。傍目《はため》にはまったく苦労を感じさせない。それに発動までがもの凄く早かった。

さすがは教師と言わざるを得ない。今の俺が彼女と同じことをしても、同じ結果にはならないだろう。

「さあ、始めてください。時間制限は特に設けません。各々が好きに魔力を操ってください」

「よし」

言われたとおり、俺は意識を手元に集中させる。

初級魔法クラスならすでに、七十から八十パーセントの制御が可能になっている。これはあくまで制御能力の話だ。テレシア先生のように、高速で魔力を操ることはまだできない。

それゆえに、焦らずゆっくりと魔法を発動する。

俺の右手に現れたのは微風。手元に心地よい風が当たる。

最近、図書室通いのおかげで、中級魔法の領域に片足を突っ込んだ俺は、レベルに対してＩＮＴの数値がやや高い。

その影響か、今なら昨日より魔法の出力を上げられそうな気がした。

「――いけるッ」

手元にさらに魔力を集めていく。

当然だが、使う魔力が多くなるほど制御は難しくなる。それを手元にだけ収めるイメージでなんとかコントロールした。

制御さえ手放さなければ、その状態で魔法の形状を変えることも可能だ。

たとえば、俺の掌《てのひら》に発生している風。これをより強く回転させることで、小さな竜巻を起こす。

必要なのは魔力操作と制御に加えて、緻密なイメージ。

想像した竜巻自体が大雑把《おおざっぱ》な形なので、暴発したりはしない。しっかり俺の手元に収まっていた。

「ッ……いいね。凄いぞ。この世界の魔法には無限の可能性がある！　その上で……もっと深く確かめたいな」

ジッと、手元で回り続ける小さな竜巻を見つめた。

これはすでに発動している魔法だ。魔力が消費され、風属性に性質変化されている。

俺が確かめたいのは、その魔法の威力。この場合は殺傷力だ。

手を覆っている防御用の魔力を解けば、ほぼゼロ距離なので自分の魔法の威力を確認できる。

ちなみにこの防御用の魔法だが、誰でも入学したら最初に習う。一番大事なのは生き残るための力だ。

――それはともかく。

俺は好奇心に負けた。貼り付いた笑みが消えない。

どうしても、ちゃんと魔法として完成しているのか確かめたくて、自分の手を保護している魔力を消した。

直後。

スパパパパッ！　と手が細かく切れる。

深くはないが、複数の切り傷ができあがった。決して少なくない量の血が流れる。

「ははっ。痛いな……魔法が発動してる。この状態でもしっかり威力が出るぞ！」

魔法を消し去って、ズキズキ痛む右手を神聖属性の魔法で治療する。

幸いにも傷は浅かったので簡単に治った。痛みよりも喜びが勝って、なんとか我慢できる。

そうなると、俺の決断は早かった。

「決まりだ。今後も自分の体を使って実験しよう。ふふ。次は風魔法で飛んでみるか？」

結果が出るとさらにやりたいことが増える。

気分はさながら、ＭＭＯＲＰＧをプレイしているようだった。あの手のゲームはやれることが多くて、いろいろ手を出したくなる。あのワクワク感を思い出した。

最終的に、テレシア先生に強制的に止められるまで、俺の魔法の実験は続いた。

彼女曰《いわ》く、「ヘルメス君は普通じゃない。才能も、頭のネジの外れっぷりも」と言われた。

まことに遺憾である。

▼△▼

平日午前は学園で授業を受けて学力を上げる。午後は実技で剣術と魔法を伸ばす。

約束どおり午後の実技、剣術に関しては、ミネルヴァとひたすら打ち合いを演じた。

そんな日々が四日も過ぎると、進学式当日からずっと楽しみにしていた休日がやってくる。

日曜日だ。午前から授業に参加する必要がない。おまけに、休日なら生徒手帳さえ持っていれば、気軽に外へ出掛けることもできる。

もちろん俺は外出一択だ。向かう場所は王都近隣にあるダンジョン。そこでレベリングを行う。

装備はインベントリに入っているため誰にも見られないし、学園には両親がいないから忍ぶ必要もな――

「ヘルメス様？　どちらへ行かれるのですか？」

「ふ、フラン……」

だめだった――――！

そうだよ、ここにはメイドのフランがいる。彼女にバレたら連鎖的に父にも報告がいく。

どうにかして適当な理由をでっちあげて学園から一人で出ないと……。

「これからちょっと街にお出かけだよ。悪いけど一人にしてくれないかな？　たまの休日くらい一人になりたいんだ」

「ダメです。最近の王都における治安の悪化はご存知でしょう？　誘拐されたらどうするんですか」

「返り討ちにするから大丈夫」

グッと親指を立てて笑みを作る。

それとは反対に、フランはジト目を向けてきた。

「それはそれで心配になります……どうか私の同行も許可してください」

「う、うーん……正直、フランがいても誘拐犯を撃退できるわけじゃないし……」

「盾くらいにはなれます。お任せください」

「それはそれで問題だよ」

君とは長い付き合いだ。ヘルメスとの記憶を共有してるから、俺は全て知っている。

フランが俺のことを大切に育ててくれたことも、心の底から愛情を注いでくれたことも。

そんな彼女を盾になんかできるか。むしろ俺が盾になりたいくらいだ。

「――とりあえず！　心配しないでフラン！　夕方には帰るから！」

「あ、ヘルメス様！」

フランの制止を振り切って校門のほうへと走り出す。

彼女の服装と身体能力では俺には追いつけない。

申し訳ない気持ちを抱きながらも、フランに手を振って別れを告げた。衛兵に生徒手帳を見せて学園から飛び出す。

ひゃっほい！　ダンジョンでレベリングだ！

まっすぐに、前回訪れた中級ダンジョン〝嘆きの回廊〟を目指した。

▼△▼

およそ一週間ぶりに嘆きの回廊にやって来る。

石造りの階段を下りると、幽霊屋敷みたいな和風の建造物が見えてきた。

もう恐怖は抱かない、一回で慣れた。そのまま迷いなく板戸をスライドして中に入る。

すると、そこに先客がいた。

緩やかなクセっ毛をサイドで束ねた――。

「って、アルテミス嬢？」

なんかやけに見覚えのある後ろ姿だと思ったら、またしても知り合いのアルテミス・フォン・アスター伯爵令嬢だった。

つい最近、同じような遭遇の仕方をしたなぁ……その時は学校だったけど。

しかし、なぜこんな危険な所に護衛も付けずに？

彼女は俺を見るや、びくりと大きく肩を震わせて反対方向に飛び跳ねた。今にも泣きそうな声で口を開く。

「へへ、へ、ヘルメス様!?　なんでダンジョンの中に……？」

「それはこっちの台詞《せりふ》だよ。もしかしてアルテミス嬢もレベリングが目的かな？」

「れべ……？」

俺の問いに彼女は首を傾げる。

「ん？　違った？」

「い、いえ……その……レベリングというのは何ですか？」

「むむっ。なるほどそうきたか」

前にダンジョンに関して調べていたから、てっきりそれくらい知ってるかと思っていた。

けど、ここは異世界だ。アルテミスがレベリングという単語を知らなくても無理はない。

だが、仮にレベルを上げにきたとしても、彼女の性格上あまり似合わないな……冒険家としての血か？

「ごめんごめん。今のは『鍛錬するの？』って意味だよ。アルテミス嬢も強くなるためにこのダンジョンを訪れたんでしょ？」

「あ……ち、違います」

「え？」

どういうこと？

「じ、実は……ダンジョンには父を探しに来てまして」

「お父さんを？　アルテミス嬢のお父さんといえば冒険家の…………あ」

そこまで言って思い出す。ヘルメスの記憶が俺に教えてくれた。

アルテミスの父親は、ここ一ヶ月ほど自宅に帰っていないらしい。どこかへ出かけたっきり消息不明だそうだ。

世間はよくあることだと騒いでいないが、娘の彼女はわざわざ父親を探してダンジョンにまで足を運んだと。

健気《けなげ》だねぇ……だからダンジョン関連の本を大量に集めていたのか。なんだか事件の香りがする。

「そっか。お父さんが消息不明だもんね。でも、アルテミス嬢一人でダンジョンに来るのはちょっと危険じゃないかな？　こういうのは慣れてるの？」

「ま、まったく慣れてません……母には父の捜索を禁じられているので仕方なく」

さっと彼女は視線を逸らす。俺は全てを悟った。

「だったらすぐに帰ったほうがいい。ここは中級ダンジョン。慣れていないと捜索は難しいよ」

「そういうわけにはいきません！　ここに父がいた痕跡があるかもしれないんですっ！」

「アスター伯爵がいた痕跡が？　それをどうしてアルテミス嬢は知ってるの？」

「父の書斎に、この紙が置いてありました」

懐からアルテミスが一枚の紙を取り出す。

紙には、アスター伯爵が書き殴ったと思われる文字が記されていた。

「えっと……『英者の首飾り』『嘆きの黒曜石』『嘆きの回廊』『月光の剣』『勇者の英雄譚《たん》』？」

いくつか俺が知ってる名前があるな。

それに最後の『勇者の英雄譚』。これって勇者が魔王を倒した時の話だよな？

不思議な並びだ。それでいて意味があるようにも見える。

たしか『英者の首飾り』と『嘆きの黒曜石』、あと『月光の剣』は、全て勇者の英雄譚に出てくるアイテムだ。

それぞれモンスターや魔族に有効とされる道具で、ゲームでは登場しなかったが設定にだけ載っていた。

うーん、怪しい。

特に最後の『勇者の英雄譚』が実に濃厚な臭いを放っている。

「この紙に書いてあった中で、すぐに確認できるのが嘆きの回廊だったんです。だから私はここに来ました」

「もしかすると父親がいるかもしれない、と」

「はい。危険は承知の上です！」

「……アルテミス嬢の覚悟は分かった。でもダメだよ。アルテミス嬢を一人では行かせられない。君に何かあったら家族も俺も悲しむ」

見せてもらった紙を返して、俺はふっと笑った。

「で、でも！」

「諦めきれないんだろう？　その気持ちは尊重する。——そこで」

びしっと人差し指を立てた。

「よかったら俺が、アルテミス嬢を手伝おう。父親を探す君の護衛をする」

「え？　ど、どうしてですか？　私たちは別にそこまで親しいわけでも……」

「純粋に俺がアルテミス嬢を助けてあげたいって思ったのと……アスター伯爵に会いたくなった」

「父に？」

「そう、アスター伯爵に。あの紙に書いてあったアイテム名の意味が知りたくてね。それに、俺の父はアスター伯爵と学園で同期だった。きっと父も心配してるはずだよ」

そう言ってスッと彼女に右手を差し出す。

お互いに利害は一致していた。

俺はアスター伯爵の思惑が知りたい。アルテミスという美少女を助けたい。自分の父のために頑張る彼女の手助けがしたくなった。

アルテミスは父を見つけたい。父を助けたい。そのためには心強い助《すけ》っ人《と》がいる。俺なら、自分からバラさないかぎり彼女の母親に今回の件が伝わる可能性は低い。

完璧な関係だ。アルテミスは差し出された俺の手をしばらくジッと見つめたあと、控えめにその手を握った。

柔らかく華奢な女の子の手だ。こんな手でモンスターなんて倒せるはずがない。

俺はにっと笑みを作って言った。

「交渉成立だね。よろしくアルテミス嬢。君は俺が命を懸けて守ってみせよう」

「は、はいぃ……よ、よろしくお願いします……」

普通に視線を逸らされた。だが問題ない。

俺を先頭にアルテミスと二人でダンジョンの中を探索する。

当然、俺のレベリングにも付き合ってもらう。

ヘルメス・フォン・ルナセリア

性別	男性
年齢	15歳
レベル	10
STR	37
VIT	37
AGI	37
INT	37
魔法熟練度	
<火>	初級14
<水>	初級14
<風>	初級14
<土>	初級14
<神聖>	初級16
<闇>	初級14
剣術	初級35
学力	33
魅力	100

▼△▼

「――ふっ！」

眼前に現れたモンスターを剣で斬り倒す。

俺の刃は正確に相手の急所を捉えていた。学園でミネルヴァと稽古《けいこ》した経験が活《い》きている。今ではすっかり彼女の型も俺の型だ。

「す、凄い……先ほどからモンスターを軽々と倒してますね」

後ろでは戦闘を見守っていたアルテミスがぱちぱちと拍手していた。

剣を鞘《さや》に納めて彼女の下へ戻る。

「それほどでもないよ。ここのモンスターくらいなら、今の俺のレベルでも十分に倒せるし」

「レベル？」

「あれ？　ご存知ない？」

さっきもこんな感じで話が合わなかった気がする。

ひょっとして俺以外には『レベル』という概念がないのかな？

確かステータスを測る魔法道具はあったはずなので、恐らくステータスの見え方が俺のメニューとは違うと思われる。

まあそれはいいや。今は関係ない。

「ならアルテミス嬢にも分かりやすく話そう。強さの指針みたいなものかな。もっと噛《か》み砕《くだ》いて言うなら、このダンジョンの敵は俺より弱いってこと。だから勝てて当然なんだ」

「へ、へぇ……それでも私からしたら、モンスターと戦えるだけ凄いですよ、やっぱり」

「アルテミス嬢は戦闘が苦手かい？」

ダンジョンの奥を目指しながら彼女と会話を続ける。

アルテミスはさすがに少しは俺に慣れてきたのか、進学式で話した時より滑らかに受け答えができている。

たまにテンパッたりするが、それはもう愛嬌《あいきょう》だ。俺が先に慣れた。

「そ、そうですね……正直苦手です。冒険家の父の血は継いでるので、運動神経は割といいほうなんですけど……モンスターを前にすると怖くて」

「よくある悩みだね」

知らんけど。俺はゲームの頃と同じ感覚で生きている。だから怖くない。

「笑っちゃいますよね。アスター伯爵の子供のくせにって」

「いや？　そんなことないさ。アスター伯爵はアスター伯爵。アルテミスはアルテミスだ。まったく同じ人が二人もいないように、アルテミスはアルテミスらしい道を歩けばいい。才能も家もそこには関係ない。だってそれがアルテミス嬢の人生なんだから」

貴族の子息、令嬢に自由はあまりない。次男とか三男ならともかく、俺やアルテミスみたいな長男長女は実質的な未来が決まっている。

しかし俺は、前世の記憶を持つがゆえに人は自由であるべきだと思う。

魔法を研究する俺がそうであるように、アルテミスはアルテミスの好きなことをすればいい。それが子供の未来ってなものだ。

「他の人がとやかく言ったら教えてね。いつでも俺が成敗するよ」

それだけ伝え、彼女の返事がくる前に俺はぴたりと足を止めた。遅れてアルテミスも足を止める。

眼前には一枚の扉があった。

実はここに来たくてダンジョンの奥までやって来たのだ。彼女には悪いが、アルテミスの父親探しはそのついでである。

「こ、ここは？」

急に足を止めた俺を見て、不安そうな声でアルテミスが訊ねる。

「んー……モンスタールームかな」

「モンスタールーム？」

「たくさんモンスターが出てくる不思議な部屋だよ。試したことはないけど、たぶん、たくさん出てくると思う」

「えぇ!?　そ、それってもの凄く危険なんじゃ……」

「危険だねぇ。でも大丈夫。対策はしっかりと立ててきたから」

前世のゲーム時代、俺はここでレベリングをしたことがある。その時使った楽々モンスター討伐術の出番だ。

まずは入り口の扉を開けます。

中には誰もいません。それを確認してから中に入る。アルテミスには部屋の外で待機してもらう。

すると、床が砕けて何体もの死霊系モンスターが出てきます。大変に気持ち悪い。

そしてそのモンスターに向かって火属性の魔法を使いましょう。彼ら死霊系モンスターは、基本的に火に弱い。しかもこのモンスタールームに出てくるのは大半がゾンビだ。

ゾンビは火属性による攻撃を受けると、一時的に〝延焼〟という状態異常に陥る。これは持続ダメージが入るタイプの状態異常で、さらにモンスターが他のモンスターに触れると延焼の効果がどんどん別個体にも移っていく。

その特性はリアルになったこの異世界でも変わらない。次々にゾンビの体が燃えていき、次第に大炎上する。

「わー……まるでお祭り騒ぎだね」

あはは、と笑いながら追加で風属性魔法を発動。

火属性魔法に対して風属性魔法を使うと、面白いことに火属性魔法の威力が増加する。学園で実際に試した結果なので間違いない。第二訓練場の一部を焦がして盛大にテレシア先生に怒られた。危ないって。

けどここは俺以外に誰もいない。ぼうぼうと巨大な炎の渦が部屋中を満たしていく。

そろそろ部屋の中に留《とど》まっていると危ないので、俺はそそくさと部屋から脱出した。ゲームでは魔法による自傷は不可能。部屋から出るとモンスターはリセットされたが……ここは現実なので問題ない、と思う。

自傷を回避するために外へ出ても、しっかり経験値は入っていた。レベルアップしてるか確認する。

「よしよしよーし。完璧な作戦だ。レベル20まではこれでいけるかな？」

アルテミスに聞こえないくらいの声量で呟く。

あまりにも都合がよく順調で心が震えた。これならゲームの時より効率的にレベリングができる。

「へ、ヘルメス様？　部屋が炎上しているように見えたんですが……」

「炎上したね」

「大丈夫……なんですか？」

おそるおそる訊いてくるアルテミスに、俺は笑顔で頷いた。

「平気平気。あれくらいやってもここはダンジョンだからすぐに直るよ。そういうもんなんだ、ダンジョンって」

「は、はぁ……不思議な所ですね」

「本当にね」

雑談の途中で部屋の中を確認する。

――うん、やっぱり問題なし。盛大に燃えていたはずのゾンビたちが、影も形もなくなった。焦げ跡もないし、さすがダンジョン。神秘すぎるだろ。

「だ、ダンジョンってなんなんでしょう……」

「それは知らないほうがいいかもしれないね」

下手なことは教えないでおく。

それよりさっさと次のラウンドに入る。

アルテミスは再びゾンビを湧かせた俺を見て、

「ま、まだやるんですか!?」

と驚いていた。

意外と大きな声も出せるんだね。ゾンビよりアルテミスにびっくりした。

そんでもってVサインする。

「もちろん。ある程度魔力を使ったら、お父さんを探そうね！」

嬉々《きき》としてゾンビを燃やし始める。

部屋の外では、アルテミスの驚く声がまた聞こえた……ような気がした。

▼△▼

嘆きの回廊に潜ること数時間。

そろそろ時間的に帰らないとまずい。夕方までに俺もアルテミスも学園に戻れない。

そう思って彼女と一緒にダンジョンの外へ出る。


「アスター伯爵はいなかったね。それらしい痕跡もなかったし」

一応、ゾンビを大量に燃やしたあとで彼女の父親を探した。

嘆きの回廊のボス部屋前まで行って、それでも伯爵の姿は見つからなかった。

アルテミスは目に見えてショックを受けている。

「はい……最初から簡単に見つかるとは思っていませんでしたが、いざ見つからないとなるとちょっと切ないですね……」

王都までの帰り道、アルテミスはずっと地面を見つめていた。

彼女の表情を見なくても分かる。きっと悲しげに瞳を伏せていることだろう。実の父親がいまだ行方不明なのだ、気持ちは何となく察してあげられる。

その上で俺は、言葉を選んで彼女を慰めた。

「根拠はないけど大丈夫だよきっと。嫌な想像ばかりしても始まらない。伯爵は優秀な冒険家だし、どこかのダンジョンで必ず生きてる、ね？」

「ヘルメス様……そ、そうですよね！　諦めないことが大事ですよね！」

バッと顔を上げたアルテミスの表情には、かすかな希望の光が宿っていた。

ぎりぎり心を持ち直してくれてよかった。

「うんうん。俺もいつでも手伝うから、またダンジョンに行きたくなったら教えてね？　絶対だよ？　一人で無茶《むちゃ》したら怒るからね？」

「は、はいぃ！　絶対、必ず、ヘルメス様には伝えます……！」

「よろしい。なんてね」

くすくす笑って、その後もアルテミスとくだらない話で盛り上がる。

王都に着く頃には、彼女との距離感も縮まり、暗かった表情が元に戻っていた。

▼△▼

アルテミスと共に王都に帰還する。

正門の前で彼女とは別れた。俺は武器のメンテナンスだけして学園に帰る。

ひらひらと手を振ってアルテミスが学園のほうに歩いていく。その後ろ姿を見送ってから、俺もまた職人区画と言われる南西方面へ足を運んだ。

空はすっかり夕陽《ゆうひ》色に染まっている。彼方《かなた》から紺色の空が顔を出し、早く学園に戻れと俺を突《つつ》く。

やや時間に急《せ》かされながらも武器のメンテナンスを終えると、その帰り道でふと足を止めた。

「——ん？　今何か聞こえたような……」

かすかに聴覚が音を捉えた。それも不自然な人の叫び声だったような——。

「きゃあぁぁぁ！」

「ッ！」

　今度はハッキリ聞こえた。女性の叫び声だ。

　急いで声がしたほうへ走り出す。

　角を二回左右に曲がると、人通りの少ない路地裏にて、見るからに怪しい覆面男たちを見つけた。

　その数二名。顔には覆面。ガタイのよさから男性と推測。腰には両者共に武器を所持。そして、彼らの傍《かたわ》らには二人の女性が倒れていた。

　内一人に見覚えがある。

　あの金髪の少女は――。

　そこまで思考を巡らせて、半ば反射的に俺は地面を駆けた。

　一瞬にして、覆面の男たちの懐へ潜る。

「あ!?　誰だこい――」

「邪魔」

　俺の接近に覆面の一人が気づく。だが、反応が遅い。

　相手が戦闘態勢に入る前に側頭部を蹴り飛ばす。嘆きの回廊でレベル18まで上げた俺のＳＴＲは、無防備だった男を軽々と吹き飛ばした。

　残るもう一人の覆面が剣を抜く。

「てめぇ！　何者だ！」

「善良なモブだよ」

　もう一人の覆面にも攻撃を仕掛ける。相手は武器を持っていた。素手で戦うにはリーチが心もとない。

　そこで俺は数歩後ろに下がって魔法を唱える。

「――――〝悪夢〟」

　闇属性初級魔法・悪夢。

　魔力を操作しない略式での発動だ。略式は好きじゃないが、状況が状況なので悠長に魔力を練っている暇はない。

　効果より速度を重視し、相手の視界を黒い靄《もや》で妨害した。

「ぐあぁぁ!?　な、なんだこりゃ!?」

「お前、魔法の耐性値が低いね」

「――うぐえッ!?」

　隙が作れればいいか、くらいの攻撃だったのに、相手はそのまま視界妨害をモロに受けて動きが止まった。

　そこへ俺の鋭い拳が鳩尾《みぞおち》に入ると、あっさり男は地面に倒れた。

「ミネルヴァ!」

　二人の覆面がダウンするのを確認して、慌てて俺は金髪の少女の下へ駆け寄る。

　もはやヘルメスとしての姿はそこにはなかった。素の俺が出ているが気にも留《と》めない。

　地面に転がる彼女の体を抱き上げ、外傷の有無を調べる。

「……ちょっと殴られて気絶してるだけか。よ、よかったぁ……」

　頬以外に傷跡らしいものは見当たらない。

さすがに服の中まで見るのはセクハラだ。神聖属性魔法を使って頬の腫れだけを取り除く。

近くに転がるメイドの傷も治し、彼女たちが目を覚ますのをジッと待った。

一応、倒した覆面たちは、覆面を剝《は》ぎ取《と》って縄で縛り上げる。ダンジョン攻略用に持っておいた縄がこんな形で役立つとは……。

▼△▼

「……ん、んん？」

「あ、起きた」

時間にしてほんの十分。早くもミネルヴァが目を覚ます。

ゆっくりと瞼《まぶた》を開けた先で、俺は彼女に向かって手を振った。

「おはようございます、ミネルヴァ嬢。お体のほうは痛みませんか？」

「か、体……？　え？　なんでヘルメス様が私の前に……——ッ!?」

バッと弾《はじ》かれたようにミネルヴァが起き上がる。

きょろきょろと周りを見渡して、傍で拘束されている男二人を見つけた。

「あ、あの人たち！」

「ご心配なく、ミネルヴァ嬢。彼らはすでに無力化してあります」

「む、無力？　……あ、本当ですね……いつの間に」

「ミネルヴァ嬢が叫び声を上げた後のことです。たまたま近くにいた俺が、あの賊を捕まえました。

ご無事で何よりです」

「ヘルメス様が私を助けてくださったのですか？」

「そういうことになりますね」

ふふっと、ミネルヴァを少しでも落ち着かせるために笑みを作った。

すると彼女は、どこか気恥ずかしそうに顔を赤く染める。さっと視線を逸らしてお礼を言った。

「そ、それは……お礼も言わずに申し訳ございません！　本当に助かりました。彼らに殴られた時はもうダメかと――って、メイドのサラは!?」

「隣でまだ気絶していますよ」

指で彼女の隣を示す。

ミネルヴァは倒れたままのサラというメイドを見て、急いで近くに駆け寄る。仲がいいのかな？

「あぁ、よかった。サラが無事で……」

「お二人の傷は神聖属性の魔法で治してあります。彼女もまもなく目を覚ますかと」

「大変お世話になりました、ヘルメス様。このご恩は必ず。サンライト公爵家の名に誓って！」

バッとミネルヴァが勢いよく頭を下げる。

公衆の面前ではないとはいえ、女性に頭を下げられるのは居心地が悪いな……それも前世で推していたキャラとなると余計に。

「気にしないでください。俺がミネルヴァ嬢を助けたくて動いた結果です。それ以上の礼はいりませんよ」

公爵子息だから物欲はそれほどない。欲しい物は自らの手で掴み取る。

「ヘルメス様……。まるで物語に出てくる王子様みたいですね」

「お、王子様？」

急にミネルヴァがおかしなことを言い出した。

ひくひくと左頬が痙攣《けいれん》する。

俺が……王子様？　確かにヘルメスの外見は王子様と言われても何ら不自然ではないが、前世で平凡だった俺としては慣れない賛辞だ。

羞恥の気持ちが胸中に現れる。

「はい！　子供の頃に愛読していた本の王子様——って、違いますから!!」

「えぇ？」

今度は大きな声を出して叫ぶ。ミネルヴァの情緒が不安定すぎる。

「違います！　私は今でも子供向けの絵本を読んでるとかそういうわけではありません！　本当に昔の、子供の頃の話です！」

あぁ……今でも割と好きなんですね、その反応は。俺の心の中に留めておこう。正直、ギャップ萌《も》えです。最高。

「分かっていますよ。ええ、もちろん」

「…………それなら、いいんですが……」

まあまあ、と両手で落ち着くようにジェスチャーすると、なんとかミネルヴァは冷静さを取り戻した。

メイドのサラという女性が起きるまでの間、何とも言えない微妙な空気が漂う。

▼△▼

俺がミネルヴァと気まずい思いをしたあと、数分くらいでメイドが目を覚ました。

襲われたことを思い出し、ミネルヴァの安否《あんぴ》を確認してから、もの凄くお礼を言われた。

土下座をしようとする彼女を止めるのが一番大変だったかもしれない……。

その後は、賊を運んで近くの衛兵に引き渡す。

衛兵にミネルヴァを家まで送っていこうかと提案されたが、なぜか彼女は護衛役に俺を指名した。

状況が状況なので学園には戻らず、サンライト公爵邸の前まで連れていく。

「送るのはここまででいいんですか？」

サンライト公爵邸に続く門の前で足を止める。こちらに振り返ったミネルヴァは、眩《まぶ》しいくらいの笑みを見せた。

「はい。わざわざお時間を取らせて申し訳ありませんでした。今回の件は、父にも話を通しておきます。後日、改めてお礼に伺いますね」

「あまり固辞するのも失礼ですね。分かりました。それじゃあまた学園で」

「帰り道には気をつけてください」

手を振ってミネルヴァと別れる。

彼女が屋敷の中に入る姿を見届けてから、学園への帰路についた。

帰り道、俺は静かに考える。

「ミネルヴァの誘拐事件、か……」

未然に防ぐことはできたが、今回の騒動は完全に俺が理解できる範疇《はんちゅう》を逸脱している。

というのも、ラブリーソーサラーの序盤にメインヒロインの誘拐事件なんてなかった。個別ルートでもミネルヴァが攫われた、なんて話は聞かなかったし、どう考えてもおかしい。

もしかするとシナリオの裏側で発生していた可能性はある。本人が語らなかっただけで、実は何度も誘拐されていたパターンはありえなくない。

だが、その可能性を考慮しても俺は嫌な予感がした。足元からどす黒いヘドロ状の何かが這《は》い上《あ》がってくるような悪寒がする。

「……調べてみるか。ひょっとすると想定外の答えが見つかるかもしれないな」

これがラブリーソーサラーのシナリオにも介入してくるタイプのイレギュラーなのか、それともただ単に小物が騒いでいるだけなのか。

それを確かめないかぎり、俺の日常は不安を抱えたまま進む。

衛兵に引き渡した例の男二人が、何か有益な情報を吐くといいんだが……。

しばらくは衛兵からの連絡待ちだな。

そこまで考えて、一度思考を切り替える。

――その時。

「――――ッ!?」

バッと背後を振り返る。遠く離れた建物の屋上へ視線を向けた。

「今、体が震えるような気配を感じた……が」

視線の先には何もない。ただ夕陽に照らされた物悲しげな建物が並んでいる。

気のせい？　いや……あの気持ち悪いくらい寒気のする視線が、気のせいであるはずがない。

だが、誰もいないのもまた事実。不快感と不安は拭えないものの、ひとまず俺は視線を外してその場から立ち去った。

何か……大きな異常がこの王都を覆っているような、そんな予感を抱いた。

▼△▼

「これはこれは、なかなかに鋭いお方ですね」

ヘルメスの姿が消えると、先ほど彼が見つめていた建物の屋上から一人の男性が姿を見せた。

夜闇に紛れるがごとく深い闇色のローブに、目元まですっぽり覆うほどフードを深く被《かぶ》っている。

完全に「私は怪しいです」と外見が物語っていた。

その上で、男は自分の姿など気にした様子もなく続ける。

「確か彼の名前は……ヘルメス・フォン・ルナセリア。取り逃したミネルヴァと同じ、高い魔法適性を持つ天才ですか。ふふ。小生の計画に利用できそうですね」

謎の男は、くるりと踵《きびす》を返して歩き出す。建物の屋上から飛び降りると、その先は薄暗い路地裏に繋がっていた。

「ただ、あの感知能力は厄介ですね。数百メートル以上離れている小生の気配に気づくとは」

男の唯一の誤算はそれだった。

ミネルヴァを取り逃したのも誤算と言えば誤算だが、そちらはいつでも消せる程度のミス。それより男が注目したのが、ヘルメスの異常な感知能力。

「下手をすると小生の計画がバレかねない……であれば、ヘラルドたちを使いましょう。ちょうどミネルヴァの捕獲をお願いするところでしたし」

くすくすと笑ってローブ姿の男は闇の中に消えていった。

三章　お茶会

《ラブリーソーサラー》のメインヒロイン、ミネルヴァ・フォン・サンライトの誘拐未遂事件。

運よく近くに俺がいたため、誘拐自体は未遂に終わったが、そこで俺は不気味な気配に気づいた。

シナリオと違う主人公の行動。

メインヒロインであるミネルヴァの、ゲームにはなかった誘拐事件。

尋常ならざる者の気配。


それら全ての要素が、強く俺に訴えかけていた。

——この世界は、お前が知っている世界とは微妙に異なっている、と。

そのことが頭に残る中、それでも時間は緩やかに経過する。

四月の三週目となる月曜日を迎え、俺は真面目な生徒らしく学園へ登校した。

校舎に入って階段を上り、一年一組の教室へ。

扉をガラガラ横にスライドすると、そこで驚きの人物と顔を合わせる。

「おはようございます、ヘルメス様」

金髪碧眼《へきがん》の美少女が俺の席の隣に座っていた。

ミネルヴァだ。つい昨日、二人組の不審者に誘拐されかかったメインヒロインが、もう登校している⁉

「み、ミネルヴァ嬢？　なぜ登校しているんですか？」

「なぜって……私は学生ですから当然でしょう？」

「いや、そういうことじゃ……」

「分かってます。ヘルメス様が仰《おっしゃ》りたいことは百も承知です。まずは席におかけください。テレシア先生が来るまでヘルメス様の質問にお答えします」

ちょいちょい、とミネルヴァに手招きされる。

彼女の話には興味があったので、大人しく隣の席に腰をおろした。

「改めておはようございます、ヘルメス様」

「おはようございます、ミネルヴァ嬢」

お互いにぺこりと挨拶を交わす。

「昨日は大変お世話になりました。ヘルメス様のおかげで私は無傷です。父からも登校許可が下りました」

「サンライト公爵はミネルヴァ嬢のことを心配して屋敷から出さないとばかり思っていましたが……説得なされたんですか？」

「はい。それはもう泣きながら立ちはだかる父を殴――ではなく、説得するのは骨が折れました」

殴ったのか……実の父親を。この国の法の番人を。

「ですがその甲斐《かい》もあって、こうして登校を許してもらい、ヘルメス様に会いに来れました」

「まさか……休みもせずにわざわざ学校へ来たのは、俺にお礼を言うためだったりしませんよね？」

「ヘルメス様に会いたかったから……という理由では納得できませんか？」

「できませんね」

他の女子生徒ならともかく、ラブリーソーサラーのメインヒロインからそんなことを言われても嘘《うそ》としか思えない。

さらりと彼女からの問いに即答する。

ミネルヴァの表情に、怒りの感情がわずかに見えた。

笑顔の裏でひくひくと頬《ほお》が痙攣《けいれん》している。

「へ、ヘルメス様は意外と失礼……鈍感な方ですね。助けてくれた恩人の顔を見たいと思うのは、人として当然の感情では？」

「それなら別に、何日か休んでからでもよかったんじゃあ――んぐッ!?」

言葉の途中で、ミネルヴァに無理やり口を押さえ付けられる。

「ああ言えばこう言う。細かい男は嫌われますよヘルメス様。紳士なら笑顔でスルーしてください！」

「……何の話でしたっけ」

言われたとおりに笑顔を浮かべてスルーしてみた。

しかし、

「そういう意味ではありません」

ズバッと俺の努力は切り裂かれる。

酷《ひど》い話だ。

「とにかく、ヘルメス様のおかげで助かりました。両親も深く感謝しています。お礼は後日、しっかりさせていただくと言ってましたよ」

「律儀ですね」

「貴族ですから」

お互いに笑って、そのタイミングで教室の扉が開く。

テレシア先生が、朝のチャイムと共に授業の始まりを告げた――。

▼△▼

事件の翌日にも拘《かか》わらず学校へ姿を見せたミネルヴァは、彼女が言うとおりとても元気そうだった。

まるで誘拐事件などなかったかのように午前中の座学を受け、午後には俺と激しく刃《やいば》を交える。

実際に戦ってみた感じ、先週とほとんど動きは変わらない。誘拐事件のことは引きずってないらしい。よかった。

逆に俺は、レベルアップしたことで全体的なステータスが伸びた。そのせいもあってミネルヴァには、

「ヘルメス様……週末の間にずいぶんと強くなられましたね？」

と言われた。その瞳に、怪訝《けげん》な色が見えたのは気のせいじゃないだろう。

一緒に訓練していたアルテミスも、

「た、たた、確かにミネルヴァ様の言うとおり、へ、ヘルメス様はもの凄《すご》く強いですよね……」

と同じ感想を口にした。

今日は俺とミネルヴァの戦いに彼女も交ざっている。

ミネルヴァとばかり刃を交えても、大きな成長には繋《つな》がらないからね。友人でもあるし。

……ただ。

「ふふん。その力で助けられた時は、まるで物語のようでした」

「も、物語のよう……」

何かにつけて、ミネルヴァとアルテミスは競い合おうとする。

主にミネルヴァが、自慢っぽく俺との話をアルテミスに語る。

アルテミスはアルテミスで、その話を聞いて羨ましそうにしていた。理由は分からない。

「むむ……で、でもダンジョンなら――」

「アルテミス嬢」

「ッ!?」

びくん、と彼女の肩が跳ねた。

それ以上はよくない。余計なことを言うと、あなたは自分の首を自分で絞めることになる。

そういう意味を込めて笑い、アルテミスもまた理解したのか頷《うなず》いた。

その様子を、ミネルヴァがじっと見つめている。

「……ズルいです」

「ズルい？」

「お二人は私に隠し事をしていますね？」

「そんなまさか。何も隠していませんよ」

「それにしては……なんだか親密に見えます。前より距離が近くありませんか？」

じとーっとした、罪悪感を募らせるような視線を向けてくる。

だが、何も話せない。アルテミスのためにも、俺は口を噤《つぐ》んだ。

代わりにアルテミスが口を開く。

「へ、ヘルメス様は！　どうやってそんなに強くなっているんですか？」

ナイスアシスト。彼女の話に乗っておく。

「休日にダンジョンで特訓したからかな」

俺の回答を聞いて、ミネルヴァが小さく、

「へぇ……なるほど。私もダンジョンに行けば強くなれますかね？」

と渋々乗っかってくる。

やや不満そうな顔ではあるが、俺は話す気がない――という気持ちを汲《く》んでくれた。

その上で、慣れていないのなら「ちゃんと両親の許可をもらった上で、護衛を引き連れて行ってくださいね」と話を続ける。

両親に報告してない、護衛も引き連れていない俺が言えた義理ではないが、俺の影響で彼女に死なれても困る。

もし報告もしない、護衛も連れていかないというなら、ストーリーどおり主人公のアトラス君と一緒に行ってください。それなら安心です。

校舎中に響くチャイムの音を聞きながら、何度も何度も彼女に同じ言葉を告げる。

ミネルヴァは、

「分かりました、分かりました。危険な真似《まね》はしません」

と言ってくれたが……本当だよね？　フリとかじゃないよ？

訓練場から立ち去る彼女の背中を眺めて、無駄に心が疲れた。モブも気苦労ってあるんだね……。

俺も、他の生徒と同じように訓練場から外に出る。

▼△▼

放課後。

フランを連れて男子寮に戻った俺は、管理人の男性から一枚の手紙を受け取った。

「これは？」

「ルナセリア公子様へのお手紙です。裏側にサンライト公爵家の家紋が刻まれていました。サンライト公爵からのお手紙でしょうね」

「サンライト公爵家から？」

ちらっと手紙の裏面を見る。

確かにそこには、サンライト公爵家の家紋が刻まれていた。ゲームでも見たことがあるから間違いない。

「ありがとうございます。フラン、封を切っておいてくれ」

「畏《かしこ》まりました」

手紙をフランに渡して自室に向かう。

扉を開けて中に入ると、上着を脱いでソファに座った。

遅れてフランから封の開いた手紙を受け取り、中の紙を取り出して目を通す。

「なになに…………ああ、これはあれか、サンライト公爵からの感謝の手紙か」

手紙には長々とミネルヴァを助けてくれてありがとう、という文字が記されていた。

「しかも、お茶会へのお誘いまで入ってるよ。ぜひ参加してほしい、か」

ぶっちゃけ面倒だ。次の日曜日に招かれているから、週末はダンジョンに潜れない。

序盤の内は『たかが一日。されど一日』だ。休むとそれだけ強くなるのに時間がかかる。

——が、しかし。同格の、それも法を司《つかさど》るサンライト公爵家からの誘いを断るのはよろしくない。

俺だけなら拒否《きょひ》もありえたが、手紙には『ルナセリア公爵も誘う予定だ』と書いてある。

父のことだから絶対参加するし、俺も強制的にぶち込まれる。ダンジョンへ行ってることは秘密なので余計に断れない。

「……ハァ。しょうがない。まあ、一日くらい我慢するか。誘拐事件のこともサンライト公爵から聞けるかもしれないしね」

俺には俺のメリットがある。

公爵からの感謝の言葉より、ミネルヴァが巻き込まれた誘拐事件のほうが気になった。

すでに公爵の下には、多少なりとも事件の詳細が入っているはずだ。

それを聞ければ御の字としておこう。

「フラン、ペンと紙を持ってきてくれ。サンライト公爵に返事を出す。お茶会だそうだ」

「サンライト公爵家主催のお茶会ですか。素晴らしいですね。ただいまお持ちします」

そう言ってフランが別の部屋へと向かった。

「……あ。そういえばミネルヴァはこのことを知ってるのか？　知ってたら手紙じゃなくて本人が伝えてきそうな気もするが……」

まあいい。どうせ彼女も参加する。

俺はサンライト公爵に訊《たず》ねる質問の内容を精査しよう。

▼△▼

サンライト公爵へ返事を出した翌日。

俺は一年一組の教室へ向かっている途中、廊下でアルテミスに声をかけられた。

「ヘルメス様！　おはようございます」

「アルテミス嬢？　おはよう。どうしたの、朝から元気だね」

「ヘルメス様にダンジョンの件でお礼を言いたくて。そ、その、遅れましたが本当にありがとうございました」

バッと彼女が頭を下げる。

だいぶぎこちなさが消えたな。

「日曜日にも聞いた気がするけど、気にしないで。俺もアルテミス嬢の父親——アスター伯爵に会いたい理由があるんだ。お互いに利のある関係さ。まあ、そうでなくてもアルテミス嬢のためなら、協力するのも吝《やぶさ》かではないけどね？」

ふふっと気さくに笑みを作る。

アルテミスは何度も何度も頭を下げて感謝を繰り返した。

「それより、まだ他にもアスター伯爵が残した痕跡……行きたいダンジョンはあるんだろう？」

「は、はい。次は〝巣窟〟に行こうかと思ってます」

「巣窟か……」

あそこは魔法と剣術の熟練度上げに最適だな。悪くない。

「いいね。もちろん俺も協力するよ。初級ダンジョンなら最後のボスエリアまで行けると思うし」

中級ダンジョン〝嘆きの回廊〟では、ボス部屋への突入は断念した。あの時点では、ボスとのレベル差に不安があったからだ。

しかし、初級ダンジョンのボスは高くてもレベル30ほど。それなら俺一人でも充分攻略できる。

「え？　い、いいんですか……？　で、でも、ヘルメス様にばかりご迷惑をかけるのは……」

ぼそぼそっとアルテミスの声が小さくなる。

俺はまたしてもフッと笑い、彼女の手を握った。優しく優しく握り締め、それを引き寄せる。

「迷惑くらい、いくらでもかけていいよ。少しは俺を頼って？」

「へへへへ、ヘルメス様ぁ!?」

渾身《こんしん》のイケメンムーブをかますと、アルテミスの顔がぽぽぽと真っ赤になる。

ただでさえ人見知り気味なのに、異性に手を握られるとその限界は容易《たやす》く振り切れたようだ。頭の天辺《てっぺん》から湯気が出ている。

「ごほんごほん！」

「うん？」

何やら背後でわざとらしい咳払《せきばら》いが聞こえた。視線をそちらへ向けると、俺の背後には吊《つ》り目を向けるミネルヴァの姿が。

「おや……ミネルヴァ嬢。おはようございます」

「おはようございます、ヘルメス様。先ほどから何をしていらっしゃるのですか？」

「何をって……アルテミス嬢と秘密の約束を」

「ひ、秘密の約束!?」

なぜか俺の言葉にミネルヴァが過剰な反応を示す。

アルテミスほどではないが、彼女の頬も若干赤かった。

「い、いけません！　このような学《まな》び舎《や》でそんな……！」

「法に触れるようなことはしませんよ。ただ、アルテミス嬢のお手伝いです」

「お手伝い？　いったいどんなお手伝いをしているんですか!?　く、詳しく教えてください！」

「おおッ!?」

今日はおかしいくらいグイグイくるな。

険しい表情を浮かべてミネルヴァが顔を近付ける。

美少女の顔が近い。動悸《どうき》がする。心なしかいい匂いもするし、正直、かなり危険な状態だった。

ごくりと生唾を飲み込み、せり上がった熱をどうにか抑え込む。そのまま努めて冷静に口を開く。

「す、すみませんが、お手伝いの件はアルテミス嬢のプライバシーに関わるので……どうかご理解ください」

「むぅ！」

ミネルヴァは大変ご立腹だった。

顔が言葉以上に彼女の内心を物語っている。不満だと無言の圧を感じた。しかし、アルテミスのダンジョン探索の件が外に漏れるのはダメだ。彼女が怒られるし、場合によってはそれを手伝い、隠した俺も怒られる。

中身はチキンなんでね。ヘルメスを演じるという点でも不義理はよくない。

「分かりました。アルテミスさんを尊重しましょう。……ですが、当の本人はいろいろ限界みたいですよ」

「え？」

ミネルヴァが俺の手の先を見る。

釣られて俺もそちらへ――アルテミスのほうへ視線を戻す。すると、彼女は顔を真っ赤にしたまま気絶していた。立ったまま。

「あ……手を握ったままだったね。ごめんなさい、アルテミス嬢」

パッと彼女の手を離す。

ミネルヴァとの会話に集中していて気づかなかった。

背後では「やれやれ」というミネルヴァのため息が聞こえる。

「ひとまずアルテミスさんを教室に運びましょう。そろそろチャイムも鳴りますし」

「そうですね。俺が運ぶ――のは問題がありそうなので、ミネルヴァ嬢にお願いできますか？」

「お任せください。アルテミスさん一人くらいなら何とか」

そう言ってミネルヴァは、やや強引にアルテミスの手を引っ張った。

三人で教室に向かう。

▼△▼

「――あ、そうだった。ミネルヴァ嬢に聞きたいことがあるんでした」

アルテミスを運び、席に座ること数分。

俺はぽん、と手を叩《たた》いてあることを思い出す。

「？　私に聞きたいことですか？　なんでも聞いてください。答えられる範疇《はんちゅう》であれば」

「ありがとうございます。実はサンライト公爵からお茶会への招待状が届きまして。ミネルヴァ嬢はご存知《ぞんじ》ですか？」

「ああ、その件ですか。もちろん知ってますよ。私がお茶会ということにしましたから」

彼女はしれっと新事実を告げる。

「ミネルヴァ嬢が？」

「はい。ただ感謝を伝えるためだけに呼び出すのも何ですし、お茶会なら気軽でしょう？　来るのはルナセリア公爵とヘルメス様のみですが」

「それはあんまり変わらないんじゃ……いえ、お心遣いありがとうございます」

個人的に、感謝の言葉を聞いてはい終わり、のほうがその後ダンジョンへ行けて助かるんだけど……まあ、お茶会って体《てい》のほうが誘拐事件の話が聞きやすいかな？　結果オーライだ。

「ですが、それならわざわざ手紙を出さず、ミネルヴァ嬢が俺に伝えればよかったのでは？　同じクラスですし」

「貴族としてのマナーですよ。それに、手紙を見て驚くヘルメス様の姿を想像したら……ふふっ」

てへっ、とミネルヴァは無邪気に笑う。

くそぅ。可愛《かわい》いなおい。これならグーで殴られても許せる。むしろご褒美？

「そ、そうでしたか……ごほん。公爵にはお茶会に参加すると返信しました。当日はミネルヴァ嬢も参加されるのでしょう？　楽しみですね」

「もちろんです。あくまで名目は、私を誘拐犯から助けてくれたヘルメス様への感謝を伝える場ですから」

「それにしてはちょっと仰々しいとは思いますけどね……」

わざわざ手紙まで出して、父親も呼んでお茶会とか、さすが貴族って感じ。

「まったく仰々しくありません。ヘルメス様はもっと誇ってください。公爵令嬢を助けた英雄なんですから」

「え、英雄……」

前世で一度も犯罪者に立ち向かったことのない俺が、転生一ヶ月ちょっとで英雄になりました。

……どっかのライトノベルのタイトルみたいだな。

テレシア先生が教室に入ってくるまでの間、延々とミネルヴァは俺の活躍を称《たた》え始めた。

恥ずかしいので止《や》めてほしいと言うも、彼女の饒舌《じょうぜつ》は止まらない。

何だか、ミネルヴァの俺への好感度が上がっていないか？　気のせいだと信じたい。

▼△▼

俺の日常は緩やかに、それでいて忙《せわ》しなく進んだ。

気がつけば平日五日と土曜日の授業を乗り越え、待望の日曜日《きゅうじつ》——とはならない。

いや確かに休日は休日だ。学校は休みで授業もない。

だが、俺には行かなければならない場所がある。

ダンジョンではない。これから俺は、ミネルヴァと共にサンライト公爵邸へ馬車で向かう。

理由は言わずもがな。彼女を悪党から助けたお礼という名のお茶会に参加する。

着替えを終わらせて、フランと共に校門へ向かった。

すでにそこにはミネルヴァの姿がある。サンライト公爵家の家紋入りの馬車の前で、彼女は恭しくカーテシーをしてみせた。

「おはようございます、ヘルメス様。本日はお日柄もよく、絶好のお茶会日和《びより》ですね」

「おはようございます、ミネルヴァ嬢。あなたの言うとおり、まさに天の祝福かと。本日は楽しませてもらいますね」

「はい！」

最後に天真爛漫《てんしんらんまん》な笑みを作るミネルヴァと共に、俺とメイドのフラン、それに彼女のメイドが馬車に乗り込んだ。

公爵家所有の馬車だけあって、四人が乗ってもスペース的には余裕がある。貴族様々だな。

全員が乗り込むなり馬車が出発した。ゆっくりと学園を離れてサンライト公爵邸を目指す。

▼△▼

学園からサンライト公爵邸まではそれほど時間がかからなかった。元から北区に設立された学園は、大半の貴族の屋敷の傍《そば》にある。

大体十分ほどで彼女の家の前に到着した。

「ようこそサンライト公爵家へ。ヘルメス様が我が家に来るのは、去年の冬のパーティー以来ですかね？」

馬車から降りるなりミネルヴァが仰々しい言い方で訊ねてくる。

ヘルメスの記憶を遡り、確かにそのとおりだと頷いた。

「あの時は寒い冬の中、珍しく降った雪が幻想的でしたね」

「ええ。また一緒に、ヘルメス様と雪景色が見たいです」

「あはは……一緒に……」

苦笑しながらも、俺の体は心臓がドクドクと悪い意味で高鳴っていた。

——冬はダメだ。シナリオが始まって最初の冬は、ラブリーソーサラーの重要イベントが始まる。

それは主人公とヒロインたちの好感度を深めるためのもの。

決してモブである俺がそこに介入してはいけない。背景に混ざるくらいがちょうどいい。

「さあさあ、お父様が庭園でヘルメス様の到着を心待ちにしておりますよっ。急ぎましょう」

「はい」

ミネルヴァに急《せ》かされる形で、サンライト公爵邸の庭園へ向かう。

今日は天気がいいから、お茶会は外で行われるらしい。彼女の家の庭園は広く、季節に合った美しい花が咲き誇っていた。

ルナセリア公爵邸もそうだったが、貴族の間では花を育てるのがトレンドなのかな？

見栄えは確かにいいけど、前世が平凡なサラリーマンだっただけに、いまいち彼らの感性が理解できなかった。

それはそれとして、庭園に足を踏み入れる。

▼△▼

「サンライト公爵閣下にご挨拶させていただきます。この度はお茶会への招待、まことにありがとうございます」

中庭にはすでに父の姿があった。

それとテーブルの反対側には、あまりミネルヴァには似ていない陽気なおじさん……サンライト公爵の姿も。

俺はなるべくヘルメスらしさを消さないよう注意しながら挨拶を行う。相手はルナセリア公爵家以上の歴史を持つ最古参の貴族だ。

同格の爵位を持つとはいえ、敬意を持って接する必要がある。

「やあやあ、よく来たなヘルメス殿！　相変わらずルナセリア公爵や夫人によく似て美しい！　その美貌では女性関係で苦労しているのではないかね？」

「あはは……そんなことはございませんよ」

この人、ありえないくらい声がデカい。

それでいて他者を不快にさせない豪快さを併せ持つ傑物だ。ヘルメスの記憶でどういう人物か知っていたが、現実として見るとゲームの頃よりインパクト強いな。

俺と公爵が挨拶を交わしたのを見て、今度は俺の父とミネルヴァが挨拶を交わす。

「こんにちはミネルヴァ嬢。こうして顔を合わせるのは冬のパーティー以来ですね。サンライト公爵家の姫君は、日増しに輝きを増しておられる」

「こんにちはルナセリア公爵閣下。閣下にそう言ってもらえると自信が付きますね。ですが、それを言うなら閣下や夫人も美しいままでしょう？　羨ましいかぎりです。ねぇ、お父様」

「まったくだ！　お前は学生の頃からほとんど変わっていないように見えるぞ！　俺はこんなに老けたというのに！」

大柄でクマみたいなサンライト公爵。あれで司法官とか冗談もいいとこだ。完全に武闘派って感じだぞ。筋骨隆々だし。

てかヘルメスの厨二病《ちゅうにびょう》は間違いなく父親の遺伝だな。口調がよく似ている。どちらもキザだ。

「まあまあ、落ち着いてくださいよ公爵。今は私の昔話より、息子の話が先でしょう？」

「むっ……そう言われると確かにそうだな。すまんヘルメス殿。とりあえず座ってくれたまえ」

「失礼します」

ミネルヴァと一緒に用意された席に座る。

……なぜかミネルヴァは俺の隣に座った。サンライト公爵の瞳がわずかに鋭くなる。

「ほほう。ヘルメス殿はミネルヴァと仲がいいように見えるな」

「そ、それほどでもありません。普通の学友ですよ、普通の」

だからそんなに睨《にら》まないでください。あなた怖いんですよ顔が。

「ヘルメス様にはいろいろとお世話になりました。今、私が笑っていられるのもヘルメス様のおかげです」

ぽっ、と彼女の頬がわずかに紅色に染まる。目線は下に、どこか幸せそうな笑みを作っている。

推しキャラにそんな表情されたら、悲しい童貞は勘違いしちゃう。マジ最高。

――だが、

「み、ミネルヴァ嬢？」

いくらなんでも俺のことをベタ褒めしすぎじゃないかな？

サンライト公爵の目が人でも殺しそうになっている。ありえないはずなのに、瞳がメラメラと燃えるように輝いていた。

「ふふ。冗談です。でも、こうして私が無事なのはヘルメス様のおかげ。それだけは事実ですよ」

「うぐっ……わ、分かっている。ヘルメス殿がミネルヴァを助けてくれたこと、サンライト公爵として感謝する。もし貴殿がいなければ、いまごろ娘はどうなっていたことか」

バキッ。

サンライト公爵が摑《つか》んでいたティーカップが砕ける。紅茶が垂れるのも気にせず、公爵は憤っていた。

「おのれ、誘拐犯共め！　この手でくびり殺してやりたいわっ！」

「それをしようとして捕まりかけたこと、もう忘れたんですか？」

ぷるぷると体を震わせて怒りを露《あらわ》にするサンライト公爵に、俺の父が冷静なツッコミを入れた。

サンライト公爵、捕まりかけたんですね……。

牢屋《ろうや》に特攻をかます公爵の姿が想像できた。

「公爵家の人間に手を出したのだぞ！　死刑は確定だろう！」

「もちろん賊は殺しますが、必要な情報を手に入れないと。あなただってミネルヴァ嬢を攫《さら》った敵の正体くらい知っておきたいでしょ？」

「むぅ。お前は本当に昔から狡猾《こうかつ》な奴《やつ》よ。クールぶってるグレイルの奴より質《たち》が悪い」

「そういう公爵も、昔から熱血漢で羨ましいかぎりですよ」

「ガハハハ！　それほどでもある！」

「皮肉です」

天井知らずのお気楽者だなぁ、サンライト公爵って。

俺は割と好きだが、父はどこか辟易《へきえき》していた。学生時代に何かあったのかな？

「あの、サンライト公爵」

「ん？　どうしたヘルメス殿」

雑談もそこそこに、俺はこの流れに乗って聞きたいことを訊ねる。

「今回の件ですが、やはり最近頻発してる誘拐事件と何か関係が？」

「うむ。まだハッキリと判明したわけではないが、恐らく関係あるだろうな。よほど構成員が多いか、もしくは手練《てだ》れがいるのか。どちらにせよ、見つけたら絶対に殺してやる」

「手練れと言えば、腕の立つ剣士が誘拐犯側にいると聞きました。他にも、目ぼしい敵の情報はあったりしますか？」

「目ぼしい情報？　……確かその剣士の傍に槍《やり》使いもいたぞ。珍しい奴だから記憶に残っている。だが、どうしてヘルメス殿がそんな情報を？」

「ミネルヴァ嬢が襲われた以上、他の生徒の身も安全ではありません。自分を守るためにも情報の把握は必須でしょう？」

それらしい作り話を並べる。本当はその誘拐犯が気になるだけだ。

ラブリーソーサラーに槍という武器はない。ステータス情報を見て分かるとおり、この世界では、ステータスによる恩恵を受けられる剣術が基本だ。それだけに、余計に疑問は増えた。

「そうか。言われてみればそうだな。ではちょうどいい、ミネルヴァ、お前にも伝えておこう。最近王都で頻発してる誘拐事件に関してな」

「ありがとうございますお父様」

一拍置いてサンライト公爵が話を始める。その内容のほとんどがテレシア先生から聞いたものだった。

特に真新しい情報はないか――そう思っていたら、最後の最後でなかなか香ばしい話が出てくる。

「……それで、ヘルメス殿が捕まえた賊だが、何でも魔法の才能がある者のリストを作っていたらしい。理由は不明だ。それを欲しがる輩《やから》がいるとか言ってたが、それが本当かも分からない」

「魔法の才能がある者？」

何だそれ。洗脳してテロリストでも養成する気か？

だが、わざわざリスクを負ってでも貴族の子息令嬢を攫う理由にはならない。これが孤児や平民しか狙われていないならまだ分かるが、誘拐犯のターゲットに貴族も入っている。

実際、最高位貴族のミネルヴァが狙われたのだ。あまりにも犯行がめちゃくちゃすぎる。

何か……もの凄い計画が裏に潜んでいるような不気味さを感じた。

「ということは、ミネルヴァ嬢だけじゃありませんね。ウチのヘルメスも魔法に関しては才能がある」

「才能がある、なんてものじゃないと思うがねぇ、ヘルメス殿の場合は。犯罪者の目的がそのとおりなら、まず間違いなく標的になる」

「嫌なこと言わないでくださいよ、お二人とも……」

そんなマジな顔で見られると、今後はまともに外へ出られる気がしない。俺だって自分が狙われる可能性が高いと思ってるのに。

「でしたら私に妙案があります！」

バッと公爵たちの話にミネルヴァが割り込んだ。手を上げて全力で己の存在を主張している。

全員の視線が彼女へ突き刺さった。

「妙案？」

サンライト公爵が首を傾《かし》げる。父も首を傾げていた。

「はい！　私もまた狙われる可能性があります。だったら、私とヘルメス様が一緒にいればいいのでは？」

「ななな、なにぃ!?」

キーン。

サンライト公爵の咆哮《ほうこう》が響く。鼓膜が破れるかと思った。

「そ、それはどういうことだ！　理由を説明しなさい！」

「単純な話です。どこかへ出かける際はお互い一緒に行動すればいい。そうすれば襲われた時に二人で対処できます。護衛を付けるのも楽ですよ」

「ふむ……確かに悪くないアイデアだ。ヘルメスはミネルヴァ嬢を助け出せるくらいには強いし、ミネルヴァ嬢も魔法が使える。強敵が現れてもヘルメスをサポートできる、と」

父が顎に手を添えて考える。絶対内心で、「ミネルヴァ嬢とウチの息子に深い繋がりができれば」と考えているに違いない。顔を見れば分かる。

「護衛も両公爵家から出せば人件費の無駄も省けます。現状維持を選ぶより効果があるのでは？」

「いいアイデアですねミネルヴァ嬢。私は悪くないと思います」

「反対だ反対！　そんな恋人みたいな真似！　それに……二人が一緒にいたらリスクも増えるだろ！」

唯一、サンライト公爵だけが猛反対していた。ちなみに俺も反対派だ。俺の自由が減る。

「俺も反対ですね。年頃の女性が異性と一緒に行動するなんて、ミネルヴァ嬢の将来に傷が付くかもしれません！」

「私は平気です」

「でも」

「私は平気です」

「………」

「それとも何ですか？　ヘルメス様は私と一緒に行動したくないと。私が一緒では邪魔だと？　アルテミスさんのほうがいいんですか？」

ずい、ずずいっとミネルヴァの顔が近付く。

前は恥ずかしくてドキドキしたのに、今は怖くてドキドキする。同じ心臓の高鳴りではなかった。

というか、笑ってるはずなのに笑顔が恐ろしい。とんでもなく圧を感じる。あとアルテミスは関係ないんじゃ？

「そ、そこまでは言ってません。俺はただ……」

「ごめんなさい」

「え？」

急にミネルヴァが顔を離して謝った。俺は呆然《ぼうぜん》と体を硬直させる。

「ヘルメス様を困らせたいわけではないんです。私もヘルメス様と同じように、ヘルメス様のことが心配で……傍にいたら、それも薄れるかと思って」

「ミネルヴァ嬢……」

そんな乙女みたいな顔で乙女みたいなことを言われたら、嬉《うれ》しすぎて断れない。

だが、反対派《こちらがわ》には彼女の父親サンライト公爵がいる。公爵が彼女の提案を呑《の》むとは思えなかった。

どちらにせよこの話は却下されるだろう。

そう思って公爵のほうをちらりと見た。

「うっ……！　ふぐっ！　ミネルヴァ、お前の気持ちはよく分かった！」

「サンライト公爵!?」

何かおっさんが泣いてるんだけど!?

凶悪フェイスからボロボロと涙が零《こぼ》れる。

「父が許そう！　ヘルメス殿は稀《まれ》に見る好青年だ！　特別にミネルヴァの護衛を任せたい！」

「サンライト公爵!?」

ダメだこのおっさん。娘に超絶甘い。

隣で俺の父もうんうんと頷いているが、転生して初めて父を殴りたくなった。

「あらあら、どうやら私の提案は受け入れられたようですよ？　これで二人の時間が増やせますね、ヘルメス様？」

にやり、とミネルヴァが笑う。

その表情から滲《にじ》む感情は……確信犯だった。

俺は肩を竦《すく》めて諦める。彼女を守りたいという気持ちに偽りはなかったから。

「が、外出はたまにでお願いします……」

モブだけど最強を目指します！

～ゲーム世界に転生した俺は自由に強さを追い求める～

幕間 ミネルヴァ・フォン・サンライト

ヘルメス・フォン・ルナセリア——自分と同じ公爵家の下に生まれた天才。

恵まれた地位、整った顔立ち、他者を寄せ付けない圧倒的な才能、その全てを持った存在。

ヘルメスとミネルヴァは似ていた。あらゆる要素が近かった。それでいて、二人には決定的な溝があった。


——ヘルメスは自分のことを見ていない。


最初に出会った時から、ミネルヴァはそれを薄々感じ取っていた。

彼は自分以上に天才すぎる。剣術も魔法も勉学さえも完璧だった。

中等部では退屈そうに秀才を演じ、数多《あまた》の女生徒から好意を向けられながらも爽やかに躱《かわ》す。そんな男だった。

ミネルヴァも内心では、

『才能の上に胡座《あぐら》をかいた愚者。いつか痛い目に遭う』

と思っていたくらいだ。

第一印象からして、二人の関係はさほどよくはなかった。

パーティーで顔を合わせても、外面だけの挨拶を交わし。お互いに内心では毒を吐いて笑っていたに違いない。

少なくとも、ミネルヴァはヘルメスのことが苦手だった。

――否《いや》。

嫌いだった、と表すほうが適切だろう。


負けたくない。

あんな人間には、負けたくない。

常々、内心でそう口にしていた。


――そんな彼女の中のイメージが変わったのは、高等部進学後。

新入生としてお互いに校舎の前で顔を合わせた際に、すぐに気づいた。――ヘルメスの様子が変わっている、と。

どこか吹っ切れたかのように人生を楽しんでいる。

瞳の奥にあった暗い感情は消え去り、別人のように明るくなった。

口調や表の雰囲気自体は昔と変わらないが、ずっとヘルメスを嫌っていたミネルヴァには分かる。

ヘルメス・フォン・ルナセリアには何かがあった。

その何かは分からないが、不思議とミネルヴァの中でヘルメスへの関心が強くなる。

対抗心から興味へ。興味から友情へ。

話してみると、ヘルメスにどんどん惹《ひ》かれていく自分が分かる。

そして極めつけは、例の誘拐未遂事件だ。

覆面を被《かぶ》った謎の男二人に襲われたミネルヴァ。それを助けてくれたのがヘルメスだった。

何もできないままあっけなく捕まりかけた自分とは裏腹に、ヘルメスは無傷で犯罪者二人を制圧したらしい。

それを聞いた時、悔しさより先に心臓が高鳴った。

痛いくらいに早鐘を打つ。

顔が赤くなった自覚があり、妙な気恥ずかしさも覚えた。

自分の気持ちすら素直に言葉にはできない。

だが、唯一言えるのは……しばらくの間、ヘルメスから目が離せなかった。

昔、絵本で読んだ白馬の王子様を思い出す。

本当は自分も絵本に出てくるお姫様のようになりたかった。

剣術に明け暮れ、両手をボロボロにし、魔法にのめり込み、睡眠時間を削る人生が送りたかったわけじゃない。

自分は、ただ一人の女の子のように生きたかった。

白馬の王子様が現れて自分を救ってくれるような夢を見たかった。それだけだ。

いつの間にか過去へ置いてきたその夢を、他でもない自分が一番意識していた人物が叶《かな》えてくれた。

間違いなく、あの時、あの場で、ミネルヴァだけがヘルメスのお姫様だった。

ヘルメスは見返りを求めることなくミネルヴァを助け、お願いしたら家まで送ってくれた。

思い出すだけでも幸せな気持ちになり、さらに心臓の鼓動が早まる。


対抗心から興味へ。興味から友情へ。友情から――


「あぁ……そっか」

ミネルヴァは、サンライト公爵邸の庭園でお茶を飲むヘルメスを見つめて、自らの気持ちにようやく気づく。

否。

ようやくそれを認めた、と言ったほうが正しいのだろう。

きっとこの想《おも》いは――。

サンライト公爵家で行われたお茶会は、前半こそ真面目な話をしていたが、後半になるに連れて俺への称賛の言葉と公爵同士の面白おかしい会話に変化していった。

「ガハハハハ！　懐かしいなぁ。俺たちが若かった頃は、よく四人で集まって馬鹿やったもんだ！」

「懐かしいですねぇ。あのグレイル卿《きょう》ですら問題児扱いでしたし」

「一番の問題児はあの冒険馬鹿だろ」

「あはは、言えてる」

わいわいと両公爵が楽しそうに談笑してる。

もはやこれ同窓会みたいな空気じゃん。俺とミネルヴァはひたすら騒ぐ二人に圧倒されて何も喋《しゃべ》れなかった。

しかも、なぜかミネルヴァから見つめられている。見つめ返すと、彼女は頰《ほお》を赤くして視線を逸《そ》らすのだ。

なんだ？　思春期か？　ミネルヴァの心がまったく読めず、しばらくは俺の頭上にずっと疑問符が浮かび続ける。

そんなカオスなお茶会も、昼を過ぎて夕方になる前に終わった。

サンライト公爵はこのあと、王宮に登城する予定があるらしい。やっとおっさん二人の会話が終了した。

俺と父は同じルナセリア公爵家の馬車に乗って帰る。

「それではミネルヴァ嬢、また学園で」

「は、はい。また学園で」

「？」

途中からミネルヴァの様子がおかしい。あまり俺と目を合わせなくなった。

理由を聞いてみたいが、嫌われていたら精神的に大ダメージを負うので我慢する。

最後に一礼し、俺と父は揃《そろ》って馬車に乗り込み、手を振ってミネルヴァたちと別れる。

来週こそはダンジョンに潜れるといいな……。

過ぎ去る景色を眺めながら、ぼんやりとそんなことを考えた。

▼△▼

ミネルヴァたちとのお茶会からさらに一週間。

俺の心配をよそに、特にミネルヴァに買い物に誘われるようなことはなかった。むしろ彼女は、

「ヘルメス様にはヘルメス様の用事があるのでしょう？　私のことはお気になさらず。たまにでいいので相手してください」

としか言わなかった。

ひょっとすると無理やり街中を連れ回されるかも、と思っていた自分が恥ずかしい。

ミネルヴァに心の中で感謝をしつつ、迎えた日曜日。俺は王都の正門の傍《そば》でアルテミスと待ち合わせをしていた。

「お待たせ、アルテミス嬢。待たせてごめんね？」

待ち合わせ場所に行くと、約束の時間より十分以上も早く来たのに、すでにそこにはアルテミスの姿があった。

サアァッッと吹く風で、彼女の髪がわずかに揺れる。前髪で隠れた美しい左目が、ちらりとこちらを向いた。

お互いに視線が交わり、彼女は笑みを作って振り返る。

「！　ヘルメス様！　こんにちは。ぜんぜん待っていませんよ！　私も先ほど来たところですっ」

「そう？　それならよかった」

なんだか前世でよくあるカップルみたいな会話をしてしまった。俺たちはただの同級生だっていうのに。

「今日行くのは初級ダンジョン〝巣窟〟で間違いないね？」

「はい。そこに父が足を運んだ可能性があります」

「了解。なら早く行こう。実は俺も、そのダンジョンでやりたいことがあってね」

「やりたいこと、ですか？　〝嘆きの回廊〟の時みたいな訓練を？」

「ん～、違うような正しいような……まあ、そんな感じかな」

「は、はぁ……」

首を傾《かし》げるアルテミスを連れて、ひとまず街の外に出る。

前世の記憶は現地の人間には話しにくいね。その上で目的を伝えなくちゃいけない。

幸いにもアルテミスは俺のことを信用してくれている。特に追及してくることもなく、まっすぐダンジョンを目指した。

ヘルメス・フォン・ルナセリア

性別	男性
年齢	15歳
レベル	18
STR	61
VIT	61
AGI	61
INT	61
	魔法熟練度
<火>	中級21
<水>	中級16
<風>	中級16
<土>	中級16
<神聖>	中級16
<闇>	中級16
剣術	初級38
学力	36
魅力	100

▼△▼

走って片道三十分ほどの距離に、初級ダンジョン・巣窟はあった。

入り口は中級ダンジョン・嘆きの回廊と変わらない。洞窟みたいな外見で下に続く階段がある。

そこを下りると、次第に景色が変わっていき——森の中に出た。

ここが巣窟だ。

嘆きの回廊のコンセプトがホラーチックな和風迷宮なら、ここは大自然をモチーフにしたダンジョン。視界が悪く、道に迷うと外に出るのに時間がかかる。

「よし、とりあえず前に進むから、アルテミス嬢は俺の傍から離れないように」

「は、はい！　……ちなみになんですが、このダンジョンの詳細ってご存知《ぞんじ》だったりしますか？」

森の中を歩きながら、おずおずとアルテミスが訊《たず》ねる。

俺はこくりと頷《うなず》いて言った。

「うん、よく知ってるよ。このダンジョンはね、出てくるモンスターの数が——」

ぴくっ。

言葉の途中、足を止めた。左手で後ろに続くアルテミスにストップのサインを送る。

アルテミスもすぐに足を止めると、進行方向から大きな足音が響いてきた。

一匹や二匹じゃない……意外と早かったな。

「どうやら敵のお出ましだ。もし余裕があったらアルテミス嬢も戦闘してみるといい。装備は持ってるんだろう？」

「い、一応は。でも、私弱いですよ？」

「大丈夫大丈夫。このダンジョンに出てくる敵は強くないから」

どんどん足音が近付いてくる。

「そ、そうなんですか？」

「うんうん。この初級ダンジョン・巣窟は、個の強さより群れとしての強さを重視するダンジョンなんだ」

「え？　そ、それって……」

アルテミスが答えに行き着く。俺が何を言おうとしてるのか理解したんだろう。

だが、それより先にモンスターたちが殺到する。

草木をかきわけて複数の動物型モンスターが突っ込んできた。サイズは大小それぞれだ。

剣を抜いて、まずは魔法を使った。

――風属性魔法。

魔力を練り上げる。よほど切羽詰まった状態でないかぎりは、略式の魔法詠唱は使わない。

しっかりと魔力を操作して風を起こす。風の刃《やいば》で眼前の敵を切り裂いた。

「グガアァァアッッ！」

モンスターの大半があっさりと絶命する。

今の俺のＩＮＴは高いが、それでも初級ダンジョンのモンスターを容易《たやす》く薙《な》ぎ払《はら》えるほど魔力は籠《こ》めていない。威力もよくて初級魔法くらいかそれより少し強い程度だ。

それでも簡単にモンスターが死んだのは、このダンジョンが質より量を取るダンジョンだから。

一匹あたりのステータスはかなり低い。たぶん、レベル1でも普通に勝てるくらい低い。

「ほら、こいつら体力ないから簡単に倒せるよ。アルテミス嬢の魔法適性は風と土だったよね？　怖かったら距離を保って攻撃するといい」

「わ、分かりました！　――――〝風刃《ふうじん》〟！」

俺のようにアルテミスもまた風の斬撃を繰り出した。

今のは風属性初級魔法か。

モンスターに当たると、そこそこレベルがあったのか一撃でモンスターが絶命する。

たった一体にしか当たっていないものの、彼女は喜びの表情を浮かべた。

「や、やった！　やったやった！　今の見ましたか、ヘルメス様!?　私、モンスターを倒せました！」

「見てたよ。凄《すご》いじゃないか！　アルテミス嬢は筋がいいね」

彼女の言葉に答えながら、次から次へと魔法でモンスターを蹴散らしていく。

俺の場合はあえてモンスターが密集したのを狙って魔法を撃つ。魔力は無限じゃないから効率よくいかないと。

近付いてきた個体は剣で薙ぎ払えば終わりだ。これで剣術も魔法も熟練度が上がる。

この巣窟というダンジョンのモンスターたちは、復活《リポップ》も早いため非常に熟練度稼ぎに適している。

中級までの熟練度上げは、ゲームならここ一択と言われていたほどだ。

「え、えへへ……ヘルメス様に褒められると自信が湧いてきますね。よ、よぉ～し！　頑張るぞー！」

気合を入れてアルテミスも魔法を唱える。

彼女は略式での魔法詠唱型だが、モンスターが倒せればそれでいい。レベルも含めて俺より先にバテることも考慮して、なるべく俺は討伐速度を上げていった。

次第にモンスターの波も削れていく。

▼△▼

「――よっと」

残った最後の一体を討伐した。これでしばらくの間、復活《リポップ》したモンスターに見つからないかぎり戦闘にはならないだろう。

すっかり魔力を使い果たしたアルテミスを見下ろすと、彼女は魔力切れにより地面にダウンしていた。魔力を空にすると地味にキツいからね。倦怠感《けんたいかん》が押し寄せてくるんだよなぁ。

「お疲れ様、アルテミス嬢。たくさんいたのによく頑張ったね」

「お、お疲れ様ですヘルメス様。も、もう動けません……」

「あはは。魔力が回復するまで休憩にしよう。隠れていればモンスターも来ないだろうしね」

呼ぼうと思えば呼べるが、そんなことをして万が一にもアルテミスが負傷したら俺が困る。バレた時、確実に彼女の母親に怒られる。

ただでさえ共犯ってことで怒られる可能性が高いのに、これ以上のリスクは負えない。

それに、いくらこのダンジョンが熟練度上げに適しているとはいえ、たった一日でそんなに熟練度が伸びたりはしない。おまけにこのダンジョンは一体ごとの獲得経験値量が非常に少ない。レベルアップもあまり期待できないのだ。

以上の理由があって、俺は急いでいない。のんびり彼女が動けるまで待つ所存だ。

「……ヘルメス様は凄いですね」

「ん？　何が？」

唐突に彼女は口を開く。

「先ほどの戦闘です。ルナセリア公爵家が才能あふれる一族であることは私も知っていますが……そ、それにしてもヘルメス様は凄いです。私以上に激しく動いていたのに、魔力が切れる気配もなければ傷一つ負っていないなんて……」

「ああ、そういう」

「どうしたらヘルメス様のようになれますか？」

「お、俺のように？」

「はい！　私はヘルメス様のように強くなりたいです！　私が強くなれば、今度は父についていくことができるかもしれません」

「アルテミス嬢……」

彼女が力を求めるのは、ひとえに家族のため。ソロで危険地帯へ赴く父を支えようと力を求めていた。

自由と探求に取《と》り憑《つ》かれた俺とは決定的に違う。アルテミスのそれは正義の刃だ。

何だか無性に応援したくなる。同時に、自分がひどく小さく見えた。

「強くなりたいなら、俺のオススメはダンジョンでの訓練かな。命懸けにはなるけど、モンスターを倒せば倒すだけ得られるものがある。あとは強くなってから自分の力をコントロールしていけばいい」

ぶっちゃけ、日々の基礎訓練は大事だが、できるならまずは一気に強くなって、それから技術や魔力操作を学ぶのもありだ。

そうしないと成長する度、動きにズレが生じる。身体能力も魔力量も変化するのだから当然だ。

俺の場合はヘルメスの天才スペックで補い、即行で反復練習する。その繰り返しで爆発的に強くなれた。

「ダンジョンで訓練……それをしたら、私も少しは強くなれますかね？」

「アルテミス嬢が頑張り続ければ、きっと無意味じゃないさ」

「分かりました！　わ、私、チャレンジしてみます！」

グッと拳を握り締めてアルテミスがやる気を漲《みなぎ》らせる。熱い闘志が彼女の瞳には宿っていた。

「手伝える時は俺も手伝うよ。気軽にダンジョン探索に誘ってね」

「い、いいんですか？」

「もちろん」

彼女を育て上げることで、自分も新たな発見ができるかもしれない。

「あ、ありがとうございます！　私、必ず強くなってみせます！　ヘルメス様の顔に泥を塗らないように！」

「いいね。二人で頑張ろう」

そんでもって可能なら、個人個人の差のようなものを俺に教えてくれ。その情報があれば俺はさらに強くなれる気がする。

あらゆる情報は持っておいて損はない。ダンジョンに行くなら俺のレベリングもできるし一石二鳥だ。

もしもの時の強い味方にもなる。

内心でほくそ笑みながらアルテミスと談笑を続けた。十五分もすれば彼女が動けるくらいには魔力も回復する。

さぁ、ダンジョン攻略の続きだ。

▼△▼

アルテミスを連れて初級ダンジョン・巣窟の奥深くまで向かう。

戦闘は彼女と一緒に行った。アルテミスは魔力をほとんど使い果たしているため、剣術によるサポートに徹してもらう。

元々それなりに才能があったのか、彼女は剣術も優秀だった。

万能型のミネルヴァと比べればさすがに劣るが、有名な冒険家の父を持つだけはある。その父はいまだ痕跡の一つも残していないが。

「結構奥まで来たね。そろそろボスがいるエリアが見えてくるはずなんだけど……お、あれだあれ」

言った直後に、無駄にひらけた一角を見つける。

森の中にも拘《かか》わらず、そこだけ広場みたいに不自然な造りになっていた。その中央に、地面に寝転がる一匹の大きなモンスターが。

立っていない状態ですでに大きいと分かるくらいデカい。全身が灰色の毛に覆われた狼男《おおかみおとこ》だ。

「あ、あれはいったい……」

ごくりとアルテミスが生唾を飲み込む。相手の力量を大雑把《おおざっぱ》に察したのか、緊張と不安が顔に出ていた。

「〝ライカンスロープ〟。巣窟《ここ》のボスだよ」

「ボス？」

「ああ。ダンジョンには、あんな風に他のモンスターと比較にならないくらい強い個体がいるんだ。それをボスって俺は呼んでる」

「なるほど。そんな強大なモンスターを相手に、ヘルメス様は勝てるんですか？」

ちらりと横を向いてアルテミスと視線を交わす。

ニヤリと笑ってから言った。

「勝つよ。負けない。アルテミス嬢にあいつの首をプレゼントしますとも」

鞘《さや》から剣を引き抜く。

アルテミスにはその場で待機を命じ、俺だけがボスに近付いていく。

ゲームの頃と同じ法則——設定が適用されるなら、ボスモンスターはその強さの制約としてエリアの外には出られない。

だからエリアの外にさえいればアルテミスは安全だ。ボスエリアの周辺には雑魚《ざこ》もいないし、彼女には大人しく俺の戦闘を見守ってもらう。

サクサクと雑草を踏みしめエリア内に入ると、その途端、ぴくりとボスモンスターが耳を動かす。

そして、立ち上がった。

「おー、デカいじゃん」

二メートルを超える巨体が立ち上がると、さすがに想像以上に大きく見える。顔付きも凶悪だし、余計に圧を感じた。

「グルルルッ！」

「やる気まんまんって面だね。安心しなよ……俺も逃げたりしないからさ」

剣を構える。この世界に来て初めてのボス戦だ。口角が上がるのを抑えられない。

狼男は怒りの形相に牙を剥《む》き出《だ》して吠《ほ》えると、腰をわずかに落として走った。

戦闘が始まる。

▼△▼

灰色の閃光《せんこう》が走る。

瞬間的に距離を詰めたライカンスロープが、腕を振り上げて爪による斬撃を放った。

——速い。

ゲームでは体感できない速度に、反応が遅れた。

だが、遅れたのは一瞬だ。後ろに跳んで相手の攻撃を避《よ》ける。

続けてライカンスロープはさらに一歩踏み込んだ。なまじ体が大きいからたった一歩でも近付かれると攻撃範囲《リーチ》に入ってしまう。

今度は右手を立てて突き技を繰り出してきた。

「ほいほいっと」

それを剣でガードする。

ガキンッ！　という酷《ひど》く耳障りな音が響く。同時に貫手《ぬきて》とは思えぬ衝撃を受けて後ろに吹き飛ばされた。

空中で一回転して着地。地面をやや削りながら減速する。

「ふーん。攻撃パターンはそんなにゲームの頃と変わらないね。ただ、ステータスは向こうのほうが上か」

それも結構上だ。

今の俺のレベルが19なのに対して、ライカンスロープのレベルはゲーム時と同じなら25はある。

RPGにおいて6のレベル差は決して小さくない。特に相手は速度に優れた近距攻撃型《インファイター》。油断してると連撃を喰《く》らって即ダウンだな。

「ふ、ふふ。ははは」

自分の劣勢に思わず笑いが漏れる。

アルテミスがいることを思い出して口を塞ぐが、それでも胸の高鳴りを抑えることまではできなかった。

「いいなぁ……これだよこれ。自分のほうが弱いくらいがちょうどいい。そうじゃないと、乗り越える楽しみがないよなぁ？」

ライカンスロープが地面を蹴って、またしても接近からの殴打を繰り返す。

見えない動きじゃない。それを躱《かわ》し、捌《さば》きながら相手の動きを観察していく。

ゲームでもそうだったが、アクションにおいて最も求められる要素は、いかに相手の攻撃に慣れるかだ。

初見だとどうしようもない攻撃も、プレイを重ねていくうちに慣れていく。慣れるとその打開策をいくつも生み出せるようになる。

何事も観察が大事だ。反復練習と同じ。何度も何度も相手の動きを見続けると、合間合間に隠された隙が見えてくる。

落ち着いてその隙を突けばいい。

「――そこ」

相手の拳を躱すのと同時に、ライカンスロープの脇腹を浅く突く。

相手の左側に回ると、その後は右手による斬撃を放ってくる。しかし、関節の関係上まっすぐ前を向いた体勢からは攻撃できない。わずかに軸を左にズラしてこちらを向かないと。

そのわずかな時間が致命的だ。余裕で背後に回って攻撃をキャンセルさせられる。

「速度は速いけど、攻撃パターンが単調すぎる。蹴りくらい使いなよ。使えるものならね」

相手を挑発する。人の言葉が分かるかどうかは知らないが、くいくいっと手まで使って「かかってこい」のジェスチャーを。

だが、それでもライカンスロープは前肢での攻撃に拘《こだわ》った。理由は単純明快、後肢を使うと自慢の機動力が落ちるからだ。

こういうシンプルな決闘スタイルにおいて、敏捷性《びんしょうせい》はかなり重要な要素になる。

極端な話、こと対人戦においては筋力数値《STR》より遥《はる》かに敏捷《AGI》のほうが大切だ。相手を一撃でダウンさせられる攻撃力があっても、一発も当たらなければ意味がない。

それに比べて速さを追求した者は、ダメージが一でも入れば最後には勝てる。もっとダメージが出せるならさらに早く相手を倒せる。

アニメや漫画だってそうだ。だいたい足の速いキャラっていうのは強い。

それで言うと目前のライカンスロープに俺は速度で負けている。カウンターくらいしかまともに攻撃は入らないが……。

「何か他にも手がほしいな。うーん……」

打開策として魔法を使うのが一番手っ取り早い。

しかし、普通に魔法を使っても、ライカンスロープの反応速度であれば見てから躱すこともできるだろう。

そうなると魔力の無駄だ。もっとこう、速度を上げられるような……もしくは小さな魔法を多用するか？

「――あ。いいこと思いついた」

ライカンスロープの攻撃を避けながら、ふと学園での記憶が蘇《よみがえ》る。

俺は午後の授業中、風属性魔法で自分の体を飛ばしたことがある。何か移動に使えるかと思っての実験だったが、それがいま、ここで役に立つのではないか？

「ぶっつけ本番で試すか」

ライカンスロープから距離を離しながら魔力を練り上げる。

必要なのは魔法のイメージと魔力の操作。今回ばかりは制御はいらない。

普段、魔法を出すのは手だ。それが一番イメージしやすい。

けれど今回は違う。魔力を右足に流して、足の裏に風を起こすイメージ。

一番近いのはミサイルや飛行機みたいな噴射だ。威力は極限まで抑え、魔法の発動も一瞬だけ。

飛ばすのはもちろん——俺自身。

制御が必要ない分、魔法の発動自体は楽だった。

グッと右足に力を入れて地面を蹴り上げる——直後、足裏に魔法を発動させた。

「————ッ！」

一瞬で景色が切り替わった。

ライカンスロープと交錯し、その隣を抜けて着地する。ガリガリ地面を削りながら停止して、ちらりと後ろを見た。

俺もライカンスロープも驚いている。

なにより、想像より速かった。ほとんど魔力は使っていないにも拘わらず、ボスモンスターの敏捷すら超えて瞬間移動みたいに直線的に駆け抜けた。

なんとも不思議な気分だ。

複雑な動きこそできないが、これはかなり——使える。

「ははッ！　効率のいい倒し方を見つけた」

振り返り、さらに怒りの感情を爆発させるライカンスロープに笑みを向ける。

敵は爪を振り上げて走ってきた。一秒ほどで移動が終わるだろう。

それより早く剣を構えてから魔法を発動する。

再び、お互いに交錯した。

瞬間的にライカンスロープの速度を超えた俺の刃が、相手の腹部を深々と斬り裂いて血を撒《ま》き散《ち》らす。

「今度は上手《うま》く決まったな。加速魔法とでも名付けるべきか？」

剣身に付いた血を払い、痛みに呻《うめ》くライカンスロープを見下ろす。

ああ……楽しくてしょうがない。こういう逆境を乗り越えることこそ人生の醍醐味《だいごみ》。ゲームにはなかった魔法の開発こそが娯楽。

その両方を堪能した俺は、新たな魔法《おもちゃ》を使ってまだまだ遊ぶことにした。

「グ、ルアアアアア！」

ライカンスロープが迫る。

ダッシュからの近接攻撃。そういう風に作られているのか、一向に学ばないな。

「――加速」

風属性魔法で自分を撃ち出し、ライカンスロープの首元を斬り裂く。

この魔法の便利な点は、移動速度が跳ね上がることだけじゃない。その副産物として、加速時に衝撃が加わり、瞬間的な攻撃力も上がる。

慣れないうちはただ剣を軌道上に置いておけば、勝手に相手の体が斬れる。

そう、今みたいに。

「戦闘終了……っと」

最後はあっけなく急所を斬られてボスが絶命した。

この手のモンスターはレベル差があろうと首や心臓を斬り裂けば死ぬ。ゲームならただのクリティカル判定だろうが、ここはリアルだ。二足歩行の狼だろうと、ボスだろうと、モンスターだろうと、頭への損傷——致命傷を負えば動けない。

くるりとライカンスロープの死体を一瞥《いちべつ》してから、背後で戦闘を見守っていたアルテミスに手を振る。

彼女もまたぴょんぴょん飛び跳ねながら手を振ってくれていた。

▼△▼

ライカンスロープとの戦闘が終わり、エリア外にいたアルテミスの下へ戻る。

近付いてきた俺を彼女は笑顔で迎え入れた。

「お、おかえりなさい、ヘルメス様！　凄かったです！　あんな強そうなモンスターを倒しちゃうなんて！」

「ただいまアルテミス嬢。ここのボスは近接攻撃しかしてこなかったからね。そんなに強くないよ」

「そんなことありません！　ヘルメス様は凄かったです！　最初は互角か少し押されていたのに、急に速くなって……あれは何かの魔法ですか？」

「風属性魔法だよ。自分を風魔法で前方に撃ち出したんだ」

「じ、自分を魔法で!?」

割とポピュラーな使い方だと思っていたが、アルテミスはめちゃくちゃ驚いていた。

「それって痛くは……」

「痛くないよ。靴の裏に風を起こして噴射させただけだから。ただ……片足だけだとバランス悪いね。両足を同時に、それでいてもう少しだけ威力を下げられればもっと実戦で使えるものになると思う」

　正直、ライカンスロープ戦で使った戦法はリスクもあった。片足だけだと、噴射された瞬間に体勢を崩す。ヘルメスの高い運動神経がなかったら、たちまちのうちにコケていただろう。

　今回の反省は次回に活《い》かす。

「……はぁ。やっぱりヘルメス様は凄いです。その飽くなき探究心、まさに冒険家の父を見てるようなな」

「アスター伯爵かい？　それは嬉《うれ》しいな。かの御仁と名前を並べてもらえるのは、一人の人間として光栄だね」

　感謝を込めてにっこりと笑う。

　彼女の父親はラブリーソーサラーには出てこない。恐らくモブだ。

　どんな人間かは知らないが、ヘルメスの記憶にその名は刻まれている。かなり有名な人だというのは分かった。

　だから素直に感謝しておく。

「でも、アスター伯爵がいた痕跡はなかったね。それだけが残念だよ」

　メモに出てきたアイテムもなかったし、アスター伯爵自身もいなかった。アルテミスにとっては完全に徒労だな。

　そう思って彼女を見ると、予想に反してアルテミスの表情は曇っていなかった。

「確かに残念でしたが、わ、私は前に進むきっかけを得られました！　父を探すのはやめませんし、ヘルメス様みたいに強くなりたいです！」

「ふふ。それはよかった。次は見つかるといいね、アスター伯爵」

「はい！」

珍しく満面の笑みを浮かべるアルテミスと共に、俺は巣窟の入り口に戻る。

帰り道、熟練度上げのために行きより激しい戦闘を繰り返した。アルテミスもそれに参加しつつ、レベルと熟練度を上げるのだった。

ヘルメス・フォン・ルナセリア

性別	男性
年齢	15歳
レベル	22
STR	73
VIT	73
AGI	73
INT	73
	魔法熟練度
<火>	中級23
<水>	中級23
<風>	中級23
<土>	中級23
<神聖>	中級23
<闇>	中級23
剣術	初級41
学力	36
魅力	100

▼△▼

初級ダンジョン・巣窟に潜ること数時間。

ダンジョンから出ると、空はすっかりオレンジ色に染まっていた。

「もう夕方か……結構頑張ったね、アルテミス嬢。お疲れ様」

「ハァ……や、やっと出れました」

ダンジョンへ続く最後の階段を上がり終えたアルテミスは、外に出るなり盛大にため息を漏らして地面に腰をおろす。

道中、何度も吐きそうな顔でモンスターを倒しに倒した。その結果、彼女の体力はダンジョンの外に出る頃には尽きかけていた。

疲れ果てて、へとへとになっている。

「今日一日でずいぶん強くなれたんじゃないかな？　魔法の威力が上がったように見えたよ。特にスピードが顕著だね」

「え？　そ、そうですか？　自分ではよく分かりませんが……」

「大きな変化じゃないからね、無理もない。けど確実にダンジョンへ入る前より強くなったと思う」

恐らく彼女はスピードタイプだ。経験値の大半がＡＧＩに割り振られているんじゃないかってくらい上がったような気がする。

俺は万能型なのでそれが普通かと思っていたが、アルテミスはどうにもＡＧＩと魔力が増えているように見える。

もしかすると個人によってステータスの伸びが違うのかな？　上限にもよるが、上限が決まっていなかったら俺は器用貧乏になりかねないな。

逆に上限が設けられているなら、恐らく俺とこの世界の主人公以上に強くなれる存在はいない。万能型は全てを極められるのだから。

「わ、私が……強く……」

「もうすぐ学年別試験も始まるし、そこでアルテミス嬢の成果が見れることを楽しみにしてるよ。もちろん、ダンジョンに行くなら俺も手伝うしね」

彼女が父親から教わったであろう、冒険家らしい戦闘スタイルも興味深い。アイテムや装備を積極的に使った戦法だ。今後の糧になるかもしれない。

「あ、ありがとうございます、ヘルメス様！　わ、私、頑張ります！　ヘルメス様に胸を張れるくらい頑張ります！」

そう言って本当に豊かな自分の胸をぽよんと揺らすアルテミス。

正直、そんなに揺らされると目のやり場に困ってしまう。

横に視線を逸らしながら、俺は答える。

「う、うん。頑張ってね、アルテミス嬢。それじゃあそろそろ街に戻ろうか。ゆっくりしてると陽《ひ》も暮れるし」

「はい！」

元気よく返事をしたアルテミスと一緒に、雑談を交えながら王都に戻る。

あと半月もすれば、ラブリーソーサラー最初の共通イベント〝学年別試験〟が始まる。

実に楽しみだ。

モブだけど最強を目指します！

~ゲーム世界に転生した俺は自由に強さを追い求める~

五章　学年別試験

季節が移り替わる。

暦は五月。春が終わり、夏が始まる頃合いだ。外を飛んでいた虫にも変化が見られ、徐々に気温が温かくなっていく。

気づけば一ヶ月以上もの学園生活を送った俺は、半月ほど前から始めたとある研究の成果に納得する。

「……ふぅ。なんとか形になったな」

閉じていた瞼《まぶた》を開き、薄《う》っすらと滲《にじ》む汗をタオルで拭いた。

時刻は早朝七時。そろそろメイドのフランが俺を起こしにやって来る時間だ。

今日は特別な日なので、よりいっそう気合を入れて早起きした。余った時間は魔法の訓練に当てることにする。

おかげで学年別試験への準備は完璧だ。剣術も魔法も学力さえも、ここ一ヶ月ほどの鍛錬と勉強で限界まで高められた。

俺個人としては試験結果などどうでもいいが、ルナセリア公爵子息としては話が異なる。両親のためにも、巡り巡って自分のためにも、しっかり試験では好成績を取る予定だ。

「それに、他の生徒たちの試験内容――能力も気になるしな」

下ろしていた腰を上げてにやりと笑う。

――〝学年別試験〟。

それは、《ラブリーソーサラー》最初の共通イベントだ。共通イベントとは、そもそも個別ルートに入る前に必須と言われるのがこの共通イベントだ。

ゲームでは攻略したいヒロインに合わせてステータスを上げることで、そのヒロインに興味を持ってもらい好感度を上げる。

たとえばミネルヴァ・フォン・サンライトなら剣術と魔法、それに筆記試験の全てで好成績を収めないといけない。

他にも剣術が得意なヒロインは剣術試験で。魔法が得意なヒロインは魔法試験で活躍すると好感度が上がる。

ちなみに学年別試験の内容は『筆記試験』『魔法試験』『剣術試験』の三つ。それら三つの個別成績と総合成績が後ほど発表される。その順位がヒロインへの好感度上昇に繋《つな》がるのだ。

まあ俺はモブなので関係ない。家のためにトップは目指すが、個人的な興味は結果よりその内容にある。

ここ一ヶ月でいろいろな実験と研究を繰り返した。その集大成をみんなに披露して評価をもらいたい。

目立ちたいわけではないが、他者からの指摘や評価は大切だ。それをもって、俺の成果として完成させたい。

「よーし、たくさん遊ぶぞ！」

グッと拳を握りしめたタイミングで、コンコンと部屋の扉がノックされた。反対側からフランの声が聞こえる。

ヘルメス・フォン・ルナセリア

性別	男性
年齢	15歳
レベル	30
STR	97
VIT	97
AGI	97
MAT	97
	魔法熟練度
<火>	中級40
<水>	中級40
<風>	中級40
<土>	中級40
<神聖>	中級40
<闇>	中級40
剣術	中級52
学力	60
魅力	100

▼△▼

着替えを済ませ、朝食を摂《と》り学園へ。

結構早く着いたと思ったが、すでに多くの生徒が登校していた。みんな大事な試験の日だけあって気合が入ってるな。

俺としても、他の生徒の試験で面白いものが見れることを祈っている。

「ヘルメス様」

「ミネルヴァ嬢。おはようございます」

教室に入ると、優等生であるミネルヴァもすでに登校していた。自分の席に座っていたので、その隣に腰を下ろす。

そこへ、さらに他の生徒も交ざる。

「へ、ヘルメス様！　おおお、おはよう、ございますぅ！」

かなりどもった様子で近付いてきたのは、最近一緒にダンジョンへ潜ったアルテミスだった。

「おはよう、アルテミス嬢。君も登校が早いね」

「えええ、えと……はい。今日は大事な日だったので！」

「そうだね。今日はお互いに頑張ろう」

ミネルヴァが近くにいるからか、それとも周りに他の生徒がいるからか。彼女は大変面白い様子で緊張していた。

その緊張を解《ほぐ》す意味でも、俺はグッと拳を握り締めて笑ってみせる。

すると、隣からミネルヴァの声が。

「へ、ヘルメス様？　なんだか前より……アルテミスさんと仲良くなってませんか!?」

ミネルヴァのほうを見ると、なぜか彼女は笑いながら頬《ほお》をぴくぴく痙攣《けいれん》？　させていた。

何だか怒っているようにも見える。不思議だ。

「ちょっとした用事で話す機会がありましてね。彼女とはその際に仲良くなりました。ね？　アルテミス嬢」

「はは、はい！　僭越《せんえつ》ながら私ごとき羽虫がヘルメス様のような偉大なお方とお話をを！」

「緊張しすぎじゃない？」

本当のことは言えないので適当に嘘《うそ》を吐《つ》いたが、彼女はそれどころではなかった。

でも、内心、微笑《ほほえ》ましいので問題なし。

「な、仲良く……へぇ……仲良く、ですか」

さらにミネルヴァから圧を感じるようになった。やや目元を鋭くし、正面のアルテミスを見つめる。

睨《にら》んでいるようにも見えるミネルヴァの顔に、アルテミスはガタガタ肩を震わせて俺の陰に隠れようとする。

余計にミネルヴァの機嫌が悪くなった。

「貴族同士、仲がいいに越したことはありません。ええ。私も先日、ヘルメス様とはプライベートでお茶を嗜《たしな》みましたし。うふふ」

「ミネルヴァ嬢、怒ってる……？」

念のため、彼女に訊《き》いてみた。というか……今、お茶会の話は関係ないんじゃ……。

「怒ってません」

「でも声が……」

「怒ってません。それより、アルテミスさん」

「は、はぃぃ!?」

急に話しかけられて、アルテミスはおっかなびっくりする。

ミネルヴァは構わず続けた。

「これから学年別試験ですね。準備はよろしいですか？」

「え？　あ、はい……だい、じょうぶ……です」

「それはよかった。死力を尽くして――あなたを超えます」

じろり。

なぜか最後にアルテミスを睨んだミネルヴァは、めらめらとやる気の炎を瞳に宿す。

次いで、

「ヘルメス様もです！　さすがに魔法の種類では勝てませんが、私は威力を追求しました。それに、剣術では今度こそ勝ちますからね！」

高らかに彼女はそう宣言した。

俺は笑みを頬に刻んだまま、

「楽しみにしてますね。ミネルヴァ嬢の試験結果を」

と答える。

余裕から出た言葉ではない。心の底から、彼女に頑張ってほしかった。

メインヒロインの一人であるミネルヴァなら、想像を超える成果を見せてくれると思っている。

それを今後に活《い》かし、全部自分の糧に変える。学年別試験は、モブの俺にとってそういう日だ。

「ふふ。実際に戦うわけではありませんが、度肝を抜いて差し上げますわ！」

びしッ！

ミネルヴァが男らしい言葉と共に、握り締めた拳をこちらに突き出した。

……これは、完全に父親の影響だな。間違いない。

▼△▼

教室にテレシア先生が入ってきて学年別試験が始まる。

最初の試験は教室で行われる『筆記試験』だ。筆記試験は、ゲームだと一定の学力に到達していれば満点を取れる。

現在の俺の学力がゲームおいて最低ラインの60だから、恐らく満点を取れるはずだ。

配られた紙の表面を見ると、そこに並べられた問題を見て驚愕《きょうがく》した。

「これは……びっくりだな」

見たところテストの問題は中学高校で習うレベルのものだった。その中に魔法や剣術に関する項目もあるが、それ以外は全て問題なく答えられる。

おかしいな。確かに前世の記憶を持つ俺からしたら簡単な問題でも、先ほどからペンを持った途端にすらすらと問題が解ける。

まるで初めからその答えを知っていたかのようだ。

もしかするとこれが学力のステータスによる補正……？　ヘルメスが元々記憶力もずば抜けて高

いというのもあるが、それにしたって一度も躓《つまず》くことなく問題を解けた。

残る魔法や剣術の理論も、授業で習った範囲なので余裕だ。

あまりにもすらすら解けるものだから、制限時間より三十分も早く解答を終えてしまった。見直しの時間を除けば十分で全ての問題を解いたことになる。

改めて学力というステータスの素晴らしさを体感した。このシステムが前世にもあれば楽だったのに。

残った時間は次の試験に備えてイメージトレーニングを行う。

合計五十分もの時間が過ぎ去り、校内中に鐘の音が響き渡った。

▼△▼

筆記試験を爆速で終わらせた俺は、クラスメイトと並んで第二訓練場の一角に足を踏み入れる。

そこでは、早く着いた者や手続きを終わらせた者から順次、魔法試験を執り行っていた。

「魔法試験は魔法による的当てだったかな？」

すでに試験に挑んでいる生徒の様子を見ると、遠くに設置された人間サイズの的に向かって魔法を放っている。どれも初級魔法の略式詠唱だ。威力は的を壊すほどじゃない。

「一般的な生徒の実力はあんなもんか……まあ、レベルもまともに上げてないなら、しょうがない——ん？」

そこまで言って、ふいに視線が一人の生徒に吸い寄せられた。

美しい空色の髪を揺らすその少女は、とっても見覚えのある女子生徒だった。

彼女の名前は――レア・レインテーナ。

ラブリーソーサラーに登場するメインヒロインの一人だ。

本作において主人公に次ぐ魔法の才能を持っており、その名は他国にまで広がるほど。非公式で付けられた二つ名は〝魔法の申し子〟。

本人は否定《ひてい》しているが、基本の四属性全てを操れるほどの才能が普通であるはずがない。

希少と言われる神聖と闇にすら適性を持つ俺と主人公がおかしいだけで、歴史上、彼女ほど魔法に愛された人間はいなかったそうだ。

そんなレア・レインテーナが、仮設のステージの上に立つ。正面に的を見据え、彼女は心底楽しそうに笑った。そして、

「――〝炎天《えんてん》〟」

炎の球体を飛ばす。

「――〝水泡《すいほう》〟」

続けて水の球体を飛ばし、

「――〝翠嵐《すいらん》〟」

荒れ狂う雷も放つ。

「――〝巨石《きょせき》〟」

最後に大きな石の塊を落として、彼女の試験は終了する。

連続して火・水・風・土の中級魔法を発動させていた。略式とはいえ、すでに俺と同じ中級魔法

の発動だ。

あまりの威力に、その場に設置されていた人型の的が全て破壊されていた。

第二訓練場内は沈黙に満たされた後、数秒置いてから——

「おおおぉぉぉぉ!!」

割れんばかりの衝撃が室内を襲う。俺は思わず耳を塞ぎ、内心でレアの才能に敬意を表する。

ゲームの頃と同じと言われればそうだが、他の生徒に比べて遥《はる》かに威力が高い。あれは中級魔法を習得しただけで出せる火力じゃなかった。恐らくレベルも上げているのだろう。

レベルという概念に気づいているのかどうかは知らないが、少なくとも危険を冒してでも強くなろうとするところに、同じ探求者としての一面を垣間見《かいまみ》た。

歓声が小さくなったところで俺も拍手しておく。

するとそのタイミングで、

「ヘルメス・フォン・ルナセリアくん。ステージに上がってください」

試験官の女性に呼ばれた。すでに手続きは済ませていたので、俺の順番が回ってきたらしい。

だが、よりにもよってレアの次かよ。同じクラスだからそうなるのも分かるけど。

ひとまず言われたとおりにステージの上に立つ。

俺の姿を見た何人もの生徒たちが、ざわざわと話し始めた。

「きゃー！　ヘルメス様の番よ！　ヘルメス様って確か、全ての属性に適性あるんでしょう？　レアさんより凄《すご》くない？」

「でもヘルメス様って、中等部の頃はそこまででもなかったような？」

「手を抜いていらしたのよ。ミネルヴァ様との打ち合いを知らないの？　あのミネルヴァ様を完封してるって話よ」

「それって剣術が凄いだけなんじゃ……」

「魔法も凄いに決まってます！」

うーん……声が大きいよ君たち。ヒートアップするのはいいが、普通に俺の耳にも届いてる。

近くに並ぶ試験官の女性も、どうしたものかと固まっていた。なので俺が笑みを作って「始めてもいいですか？」と訊《たず》ねる。

もちろんＯＫが返ってきた。

視線を正面に戻し、俺は魔力を放出した。

▼△▼

魔法試験が始まる。

試験内容はよくある的当てだ。魔法の威力と適性の有無を確認するために試験官がその様子を見守る。

正直言って、使える魔法属性が多ければ多いほどこの試験は有利だ。さっきのレアみたいに目立てるし、今後への期待値が大きく変わる。

聞くところによると、我が一年一組の担当教師であるテレシア先生も、かつてこの試験で注目を浴びたらしい。

彼女は二つの属性を操る。レアの四属性や俺の全属性に比べると霞《かす》むが、一般人からしたら充分に凄い。

だから他の生徒には悪いが、まずレア・レインテーナがやったように俺も複数の魔法を発動する。

そのために魔力を巡らせるのではなく、体外に一気に放出した。

――火属性。

――水属性。

――風属性。

――土属性。

――神聖属性。

体外に放出した魔力を操作、制御し、合計五つの魔法へ性質変化させる。

魔力は体から離れれば離れるほどその制御が難しくなる。習得するのにかなり時間はかかったが、今なら数メートルくらい離れていても魔法を発動できるようになった。

一度に五つの魔法が頭上に浮かぶ。分かりやすく、全て球体状にまとめた。というか、さすがにまだ球体以外の形は作れない。

だが、周りの生徒や試験官、教員たちが注目したのはそこではなかった。俺がずっとこの日のために温め続けたシステム外スキル――。

「ま、魔法が……複数同時に発動している!?」

真っ先に試験官の声が聞こえた。

そう。そうなのだ。俺は今、あの天才レア・レインテーナですらやらなかった新たな試みを行っている。

その名も――〝並列魔法起動〟。

本来、ゲームでもリアルでもそうだが、魔法は一度につき一つしか発動できない。それは、並列で魔法を唱えると、操作と制御がシンプルに難しくなるからだ。

それも、一つから二つに増えるだけでヤバい。

しかし俺はそれを乗り越えた。ヘルメスの全スペックとＩＮＴのステータス、さらに学力を上げることで数々の問題を解決した。

かなりギリギリの制御ではあるが、本番になっても魔法の発動には成功した。

この画期的な魔法技術は、恐らく世界で初の試み。俺以外で使える者はほぼいないだろう。

その上で、しっかりと魔法の威力を高めておいた。

それを、周りの反応を確かめてから的に向かって撃ち込む。

五つの光が前方にある的へ当たって――弾《はじ》けた。

文字どおり、周囲にあったあらゆるものを粉砕し、強化設計されているはずの訓練場の壁すらぶち抜いた。

凄《すさ》まじい音が響き渡り、生徒たちの悲鳴が聞こえる。

「きゃあぁぁ！　な、何、今の!?」

「訓練場の壁が壊れたわよ!?　どうなってるの!?」

「的も綺麗《きれい》に消し飛んでやがる……いったい、どれだけ魔力を籠《こ》めればいいんだ!?　ありえないだろ」

ガヤガヤと次第に悲鳴は止《や》むが、代わりに周りからの騒音は増えた。俺を遠巻きに観察している。片や、隣接した校舎で試験を受けていた他クラスの生徒たちが、まるまると抜けた大きな壁の穴からこちらを見つめていた。

彼らからすれば、急に壁に穴が開いて意味不明だろう。試験官の女性もフリーズしていたので、俺は後頭部をかきながら彼らに言った。

「あー……その、ごめんなさい」

まさか壁が抜けるとは思ってもいなかった。不慮の事故ってことで処理されないかな？　……されないよね。

後のことは教師や試験官に任せて、俺は颯爽《さっそう》とステージの上から飛び降りた。

闇属性魔法は試験に不向きだから使わなくていい。やるべきことは果たした。

バッと海を割るかのごとく群衆が横に散る。じろじろ見られながら次の試験会場へと向かった。

実技は終わった順番から移動して次の試験が受けられる。最後の一人が終わるまで待機じゃなくてよかった……。

▼△▼

気を取り直して最後の試験会場へと足を運ぶ。

そこは第一訓練場。先ほど壁をぶち抜いた第二訓練場の隣にある別棟だ。

開いたままの入り口を通って室内に入ると、奥の仮設ステージの上では、現役の騎士らしき男性と生徒が刃《やいば》を交えていた。もちろん木剣で。

「おー、やってるやってる。この試験もゲームの頃と同じだな」

最後の試験は『剣術試験』。

現役の騎士とどれだけ戦えるかを測るもの。

ゲームの頃だと一定以上ＨＰを削ると最優秀賞がもらえる。それはつまり、逆説的に、絶対に騎士には勝てないってことだ。

元々ゲーム序盤のイベントなだけあって、レベルやステータスの伸びも悪い。それに加えて現役の騎士のレベルは20～30。

普通に戦ってもそりゃあ勝てない。ＨＰも頑張って削ったしなぁ。

「けど――」

けど、ここはゲームの中じゃない。

相手にＨＰという概念はなく、どちらかが勝つまで終わらない。おまけに今の俺のレベルは30。

すでに現役の騎士に並ぶほど強くなった。

ここ一ヶ月は週末にひたすらダンジョンに籠《こ》もってレベルを上げたからなぁ。アルテミスもよく参加したが、彼女も彼女で忙しい。圧倒的に一人で潜ることが多かった。

熟練度も軒並み底上げし、この剣術試験のために剣術を中級まで伸ばした。

準備は完了。あとはゲームの頃にできなかった負け確イベントをひっくり返すことができるのかどうか。

もちろん、現役の騎士の強さを調べ、自分がどれくらい対人戦闘が強いのかも測る。おまけに騎士の剣術を吸収できれば万々歳《ばんばんざい》だ。イベント最高。

入り口近くで手続きを済ませ、会場中央まで移動する。

内心でフィーバータイムに入っていた俺の視界に——ふいに、不自然な集団が映った。

女一人に男三人のグループだ。

ずいぶんモテる女の子がいるな、とさらに興味深くそちらを見つめると、彼らの不自然さに気づく。

男たち三人に囲まれている女性の顔が……俺の気のせいじゃなかったら暗いように見えた。俯《うつむ》き、今にも泣きそうだ。

対する男たちの表情は、人を煽《あお》るような笑み。なんだか嫌な予感がした。

試しに彼らの傍《そば》に近付いてみると、だんだん会話が聞こえてくる。

「おい、なんとか言ったらどうなんだ、落ちこぼれ」

「お前、本当に魔法試験やったのか？　やれるわけねぇよなぁ？　ギャハハハ！」

「この適性ゼロの無能が！　ここは魔法学園だぜ？　どうやって入ったんだ？」

……適性ゼロ？　どういうことだ？

「どうせコネだろコネ。……あ、でもこいつの家、男爵家じゃん。底辺貴族の令嬢がコネとかあるわけねーか」

「お前みたいな奴《やつ》がいると学園の品位が落ちるんだよ。さっさと退学しろ」

男たちは口々に酷《ひど》い言葉を少女へ投げる。

さすがに言いすぎだ。気分が悪くなる。だが、言われている側の女の子は何も言い返さなかった。

黙って俯いている。

――適性ゼロに男爵家の令嬢。

そこまで情報が出たら、ヘルメスの記憶に該当する人物が浮かび上がってきた。

セラ・クリサンセマム男爵令嬢。

俺とは違う意味で有名な子だ。ここ一ヶ月半くらいの学園生活でもその名は度々耳にした。無論、どれも悪評だったが。

曰《いわ》く、彼女は六つあるどの属性の魔法も使えないらしい。適性を測る特別な道具を使ってみると、神聖属性に適性があるにも拘《かかわ》らず。

当然、魔力も持っている。だが魔法が発動しない。その謎は解明されることなく現在まで残り、いつしか彼女は〝無能〟と呼ばれるようになった。

厳密には適性が低すぎて魔法すら使えない？　と思われているらしい。そんなことありえないが、現に魔法は発動していないので何とも言えない。

俺もこんな情報は知らなかったから驚いた。

まあそれはそれだ、今は関係ない。か弱い女性を寄《よ》って集《たか》って虐《いじ》めるのは看過できなかった。

すたすたと彼らに近付き、男の一人の脇を通り抜けて少女の傍に寄った。

少女――セラの肩に手を添える。

「大丈夫？　騒がしいけど何があったの？」

あえてセラに訊いてみる。

すると俺の後ろでは、訊いてもいない連中がぎゃあぎゃあと騒ぎ始めた。

「へ、ヘルメス様!? 何を!」

「そいつは魔法学園の面汚しですよ! ヘルメス様が関わるべきでは……」

「悪いんだけど……俺は今、彼女に質問をしているんだ。君たちは——黙っててくれないかな?」

じろり、と鋭く背後へ視線を送る。

強めに睨んだから、虐めを行っていた三人組の男子生徒はごくりと息を呑《の》んで口を閉ざす。

それを確認した後、俺は改めて彼女に訊ねた。

「それで、君は彼らに何を言われたのかな? まるで虐められているように見えたのは、俺の気のせい?」

「あ、えっと……じ、実は……」

セラの視線が俺の顔を捉える。次いで、彼女の正面に立つ三人組へと移った。

「彼らは気にしなくていい。ただの雑音だから」

できるかぎり彼女が話しやすいようにニコリと笑う。

すると彼女は、ぽつぽつと小さな声で説明を始めてくれた。

その内容は、実に胸糞《むなくそ》悪い。

「そ、その……私がここにいたら、あの人たちが急に私の悪口を……。で、でも、確かに私は魔法が使えなくて……」

「そっか。セラ嬢の話は俺も聞いてるよ。適性も魔力もあるのに魔法が使えない。きっとそれは何か原因があるはずなんだ。落ち込んじゃダメだよ。普通の人と違うっていうのは、何も欠点だけじゃない。もしかするとセラ嬢には、他の人にはない才能が隠されている可能性がある」

俺自身、彼女の体質には疑問が残る。適性も魔力もあるのに魔法が発動しないのは、恐らく他に原因があるからだ。彼女のせいじゃない。

それを解明してみるのも面白そうだな。攻略サイトを運営していた頃の血が騒ぐ。

「は、ははッ！　ご冗談が過ぎますね、ヘルメス様。そいつは本当に無能なんですよ。剣術だってロクに使えない！」

「せ、せめて剣術だけでも使えれば、俺たちだってこんな馬鹿にはしませんよ！　勉強ができるだけなら、魔法学園に来る必要なんてないしな！」

「そうそう。ここにいるロレアス様みたいに、剣術も魔法も両方使えるのが本来あるべき姿ですっ。そのどちらも使えないなんて……」

「ぶんぶんぶんぶんぶん、羽虫がうるさいね」

訊いてもいないことをペラペラと喋《しゃべ》る。彼らは何だ？　好きな子を虐めたくなるタイプのアレなのか？

だとしてもこれはやりすぎだ。明らかに冗談の域を超えている。暴言の内容も不快なら、彼ら自身にも不快さがあふれていた。

セラの肩に添えていた手を離し、彼女の手を取る。

「ごめんね、セラ嬢。ここだとうるさい虫がいるから向こうで話そうか。君の相談くらいなら乗れるかもしれない」

そう言って彼女を半ば無理やり引っ張って歩き出す。

けれど、背後から制止の声がかかった。

「お、お待ちください、ヘルメス様！　なぜそんな女に肩入れするのですか！　あなたほどの方が！」

三人組のリーダー格と思われる少年、先ほどロレなんとかと呼ばれていた男子生徒が叫ぶ。

どんどん苛立《いらだ》つ心を抑えながら、俺はハッキリ彼らに告げた。

「なぜって……そんなの決まってるだろう？　俺は君たちみたいな人間が嫌いだ。他者を見下せるほど君たちには才能があるのかい？　たかだか剣や魔法が少し使える程度を、才能とは言わないんだよ？」

「ッ――！」

おお、効いてる効いてる。

ロレなんとか君の表情がみるみるうちに真っ赤に染まった。完全に苛立っているのが分かる。

逆に俺は心がスッキリした。傍にいるセラは慌てている。

「そ、そこまで仰《おっしゃ》るということは……ヘルメス様は俺より優秀な成績が取れるのでしょうね？　剣術で！」

はい？

「そんなこと一言も言ってないけど……そうだね」

ちらりとステージ上で戦う騎士のほうを見た。

「少なくとも志は高いつもり、かな？」

「でしたら！　俺に見せてくださいよ。本物の才能ってやつを！　俺を馬鹿にするほどの才能ってやつを！」

「…………ハァ」

やれやれ、なんだかおかしな方向に話が流れてきたな。

ロレなんとか君はプライドが高いみたいだし、セラは自虐的なところがある。

ひとまずこの場は適当に煙に巻いて——。

「——次、ヘルメス・フォン・ルナセリアくん。ステージに上がってください」

「あ、俺の番だ」

タイミングよく……いや悪く？　試験官に呼ばれた。

目の前ではローなんとか君がニヤニヤと下卑た笑みを浮かべている。

逃げ場がなくなった俺の実力を高みの見物ってところか。つかまだ彼の順番は回ってきていないのか？　それとも終わったあとで楽しんでる？

どちらにせよ、俺はステージの上に立って騎士と戦わなくちゃいけない。

くるりとその場で反転し、セラに伝える。

「申し訳ない、セラ嬢。ちょっと試験を受けてくるから近くで待っていてくれ。彼らに虐められたら言うんだよ？　俺が何とかするから」

それだけ言って、俺は彼女の手を離すとステージのほうへ歩みを進めた。

正面には現役の騎士が立っている。

こんな状況であれだが、頬が緩むのを必死に我慢していた。

今日、これまでの成果が全力で出せると思うと、笑うなっていうほうが難しい。

たくさんの視線を背中に受けて、俺は騎士の前に立った。腰に下げた木剣を抜く——。

▼△▼

学年別試験、最後の剣術試験が始まる。

俺の目の前には、対戦相手の騎士が立っていた。短髪に灰色髪のよくいる騎士。

騎士の男性は、木剣を手に挨拶してきた。

「こんにちは、ルナセリア公爵子息様。天才と名高いあなたと戦えるとは……光栄です」

「ありがとうございます。今日は現役の騎士の胸を借りるつもりで頑張りますね」

「はい。こちらも騎士らしく精一杯戦わせていただきます」

言い終えるなり騎士が剣を構えた。俺も剣を構える。

「――ッ!?　その構えは……サンライト公爵令嬢の」

「あ、分かります？　さすがですね」

俺の構えは完全にミネルヴァと同じもの。他にも俺が普段使う構えはあるが、今回はいろいろと試してみたいことがあるから、まずはミネルヴァだ。

彼女の構えは半身を引いて直立するもの。どんな相手にも対応できる防御の構えを見せながら、遠心力を利用して急所を狙うのだ。攻防一体に見えて攻撃に秀でた剣術。

あの父親が使いそうな技だ。

「それでは剣術の試験を始めてください」

試験官が短くそう告げると、迷いなく前ステップで騎士が突っ込んでくる。

さすがに速いな。レベル30はあるっぽい。

初手は左からの切り払い。それを素早く剣を振ってガードする。

お互いの木剣がぶつかって甲高い音を立てた。

ふむふむ。腕力は大体同じか相手のほうが上だな。ほんの一瞬感じた差から、大雑把《おおざっぱ》に相手の筋力数値《STR》を割り出す。

続けて騎士は一歩後ろに下がった。離脱ではない。剣を振るスペースを確保したのだ。やや下段に剣を構え直してから、激しい連撃を繰り出す。

右、左、上、左、上、右。

およそ手加減してるとは思えない速さで剣が迫る。しかし、その全てを俺は完璧に弾いた。

やっぱり腕力は向こうのほうが上だ。瞬間的に相手の攻撃を防げていても、手に伝わってくる衝撃が尋常ではない。

「これ……手加減してます？」

「否《いや》」

「ですよねぇ」

明らかに騎士は本気で俺を倒しにかかってきていた。

他の生徒には目に見えて手加減していたにも拘《かか》わらず、だ。

「あなたには手加減が必要ないと思った。そして、それは当たっていた！」

さらに騎士の攻撃が激しさを増していく。

それに比べて、逆に俺の動きは洗練されていった。

最初は木剣による防御を行っていたが、それも徐々になくなっていく。ギリギリで攻撃を躱《かわ》し、なるべく衝撃を流すような受け方をしている。

——慣れてきたぞ……相手の腕力に。相手の剣速に。相手の間合いに。

呼吸もリズムも型さえも見えてくると、必要になる動きが自《おの》ずと最低限になる。

「ッ！　これでも、まだ……！」

騎士の顔に焦りのようなものが出てきた。

わずかに鈍った剣筋。それを避《よ》けるなり、俺は攻勢に転じた。

鞭《むち》のように鋭く騎士の右腕を狙う。間一髪騎士の防御が間に合った。しかし、体勢が悪かったのかわずかに後ろへ下がる。

「あら、今のをガードしますか。速いですね」

「かなりギリギリでしたがね……。まさか、ここまで強いとは」

「いえいえ、まだまだこんなものじゃない。もっともっと試させてくださいよ。次は、もっと面白くなる」

俺は剣を下げた。

構えを解き、無防備な状態で相手に近付く。

一歩、また一歩と騎士に近付く俺に、怪訝《けげん》な表情を浮かべながらも騎士は反射的に剣を振った。

上段から落とされた一撃。直撃すれば怪我だけじゃ済まない可能性がある。

その無慈悲な一撃を、剣を持たない左手で——逸らした。

叩《たた》くように剣の側面を押し込む。それだけで相手の剣の軌道はわずかにズレ、俺の体を空振る。

「なッ!?」

騎士が目を見開いた。

これが俺の新たに探求した戦闘スタイルだ。

近接格闘。柔術。

呼び方は何でもいいが、いわゆる徒手格闘と言われるスタイルだ。

剣術試験で拳を使うな？　いやいや違う違う。剣術の戦いっていうのは、剣と体全体を使うもの。

事実、騎士の技にも蹴りや突進といったものがある。

そもそも魔法試験ならともかく、近接でバチバチに斬り合っているのに、拳も足も使わないのはもったいないと思わないか？

そう思って俺が必死に探求したのが素手による戦闘だ。

これは凄くいい。剣より攻撃範囲《リーチ》は短いが、剣より攻撃速度が格段に速い。その上、相手に近付かれても攻撃が充分に行える。

おまけに攻防一体。先ほどみたいにちょっと力を込めれば、剣による一撃だって捌《さば》けるのだ。

さらに一歩、騎士の懐に迫る。

ここまで近付かれると、なまじ拳よりリーチの長い剣は無力だ。

振っても腕を押さえれば防げるし、引いてもそれより先に攻撃ができる。

ゼロ距離は拳の距離。俺は遠慮なく拳を突き出した。

相手も現役の騎士。俺の拳を避けたり防いだりしてくるが、ひたすら貼り付いて殴り続けるといずれ対応できなくなる。

この異世界の近接戦闘技術はそれだけ拙い。なまじ魔法なんて便利なものがあるせいで、そこまで発展していないのだ。

特に素手による格闘術、これは酷い。殴る蹴るだけのパターンしかないと言っても過言ではない。

そこに俺が持ち込んだのが、前世に体育の授業で習った柔道、すなわち柔術。大雑把な技ではあるが、相手からしたら未知の技。

騎士が拳を突き出した途端に、その腕を掴《つか》んで——投げ飛ばす。

俺くらい筋力《STR》が高ければ、背丈の差なんてないようなもの。前世で一本背負いと言われた技を決める。

騎士の男が地面に落ちる直前、くいっと腕を引いてなるべく衝撃を逸《そ》らした。

それでもかなりのダメージが入り、相手はダウンする。

「かはッ!?」

手を離しても騎士の男性は立ち上がらなかった。

これで終わりだと、剣術の試験としてはちょっと微妙になる。かといって相手を無理やり立たせたら鬼畜だし……。

ちらりと戦いを見守っていた試験官に視線を送ると、

「…………」

試験官は呆然《ぼうぜん》とこちらの様子を眺めていた。半ば放心している。

「あのー……試験はこれで終わりでいいですか？」

「あ、え？　あ……はい。お疲れ様でした？」

なぜか疑問符を乗せた試験官に「お疲れ様でした」と返してステージから降りる。

魔法試験の時に比べればましだが、それでも周囲にいる人たちは驚きの表情を浮かべていた。遠巻きに俺を見つめてくる。

「お待たせセラ嬢。ちょっと時間がかかっちゃったかな？」

「い、いえ。それは別に構わないのですが……ヘルメス様、あんなあっさりと騎士を……」

「ん？　ああ、あれは相手がこっちの手の内を知らなかったからこそ決まった、反則技みたいなものさ。剣術では五分五分くらいだったしね」

恐らくあのまま剣で戦っていたら、騎士に勝利するのは時間がかかっただろう。それだけあの騎士の剣術は熟練度が高いと思われる。

まあ、それでも年齢を考えればかなり圧倒したほうか。

「素人《しろうと》目線では、普通にヘルメス様のほうが勝っているように見えましたが……あのまま剣で戦っていても、簡単に勝てたのでは？」

「あはは、どうだろうね。それより、あの三人組は変なこと言ってこなかった？」

「あの人たちはあちらで放心してましたから。ヘルメス様の試験が始まってすぐ」

ちらっとセラが遠くを見る。俺もそちらへ視線を伸ばすと、俺を凝視する三人の男子生徒の姿が映った。

全員、何か恐ろしいものでも見たかのように固まっている。特に先頭のルンなんとか君は、まじまじと目を見開いて俺を凝視していた。

正直顔が怖いのですぐに目を逸らす。

「何もなかったならよかった。さっきも言ったけど、困ったことがあったら何でも言ってね？　相談くらいは乗れるから」

そう言って彼女と別れようとする。

しかし、俺が踵《きびす》を返すのと同時に、正面に新たな女子生徒が立ちはだかった。

肩まで切りそろえられた艶のある美しい銀髪の美少女。鋭く細められた瞳が、俺をまっすぐに射《い》貫《ぬ》く。

まるで白い妖精のような彼女は、俺にとって単なる一生徒ではなかった。驚きで固まる。

その間に、彼女が先に口を開いた。

「ルナセリア公子、話がある」

「ふ、フレイヤ……？」

彼女の名前はフレイヤ・フォン・ウィンター。

名高き剣聖グレイル・フォン・ウィンターの娘にして、侯爵令嬢にして……ラブリーソーサラーのメインヒロインの一人だ。

▼△▼

突然話しかけてきたフレイヤに連れられ、俺とセラは第一訓練場から外に出た。

やって来たのは人のあまりいない広場の一角、壁際。

そこで足を止めると、先頭を歩いていたフレイヤがこちらに振り返る。

「ルナセリア公子に話がある」

「さっきも聞いたけど、何の御用ですか？」

いきなり話しかけられるなんて想定してなかった。さっきは思わず素《す》が出てしまい、いまさらながらに取り繕う。

しかし、フレイヤは特に気にした様子もなく続けた。

「ルナセリア公子の剣術試験、あれは凄かった。私でもあそこまで戦えない。それに、あの投げ技は何？　素手による格闘？　いったい、どんな練習を積んだの？」

ずい、ずずいっとフレイヤが顔を近付けてくる。遠慮のない行動に鼓動が早まった。

——ひぃッ！　フレイヤの顔が目の前にある。か、可愛《かわい》いなおい。

なるべく焦りを表に出さないよう注意しながら、どうにか言葉を絞り出した。

「む、難しいことは何も。ただ、剣術にだけ頼るのは効率が悪いと思って、俺なりに研究しただけですよ」

「難しくないの？」

「ええ、まあ。素手による戦闘を繰り返せば、自ずと慣れていくかと」

話はそこからだ。俺は慣れてから動作の研究などをした。しかし、それを彼女に話したところで通じるかどうか。

「そう。素手による戦闘経験……私にはない。あの投げ技はどうやって？」

フレイヤの質問が止まらない。

まずは離れてほしかったが、真面目な表情をする彼女にそれは言いにくい。あと……単純に俺も嬉《うれ》しい。

「それこそ、相手をただ投げるだけです。時間がなかったので、投げ技は結構力任せでしたね。本当は相手の体重や勢いを利用したり、足を払って崩してから行うのですが」

「なるほど。東の大陸にある武術に似ている。独学で勉強したの？」

「教えてくれる人はいませんでしたね」

あくまで俺の前世の知識だし。

けど、そうか。東の大陸には日本みたいな国があるのかな？　ゲームだと何の詳細も出てこなかったが。

「あれを独学で……」

スッと、急にフレイヤが離れる。顎に手を当てて考え事をしていた。

沈黙が一分ほども続き、そろそろ帰ってもいいかと言おうとしたら、そこで彼女は再び口を開く。

口だけじゃない、手も出た。

「――ルナセリア公子にお願いがある」

ドンッ。

後ろにあった頑丈そうな壁に彼女は手を突く。パシーン、という乾いた音がした。

こ、これは……いわゆる、噂《うわさ》の、伝説の――壁ドォン!?

リアルでやられたのは前世を含めても初めてだ。

ひぃッ!?　フレイヤの顔がまた……め、目の前に……。

こんな端整で凛々《りり》しい顔に見つめられたら――俺、女にされちゃう!?

などと内心でドキドキしながら、なんとか動揺を隠して首を傾《かし》げる。

「お、お願い？」

「私に格闘術とさっきの投げ技を教えてほしい。その対価として、私はウィンター侯爵家の剣術を教える」

「ウィンター侯爵家の……？」

「うん。自分で言うのもなんだけど、我が家は剣術と武功で成り上がった家系。剣にだけは自信がある」

「な、なるほど」

これはかなり悪くない条件だ。

俺のでたらめに近い格闘術と柔術を教えるだけで、数百年もの歴史があるウィンター侯爵家の、剣聖の剣術が学べるのだから。

一応、授業の合間に彼女の動きを観察してみたが、あまりジロジロ見ているとミネルヴァにも怒られるし、メインヒロインであるフレイヤにも失礼だと思った。

だからほとんど彼女の剣は学べていない。こんなチャンス、逃す手はない。

「分かりました。その交換条件なら呑みましょう。よろしくお願いします」

「ほんとう!?　ありがとう、ルナセリア公子！」

先ほどまでずっと無表情だったフレイヤの顔に、わずかな笑みが浮かぶ。

彼女に思いきり手を握られ、顔が赤くなった。

「ぴえっ」

「ぴえ？」

「い、いえ！　なんでもありません」

あ、あぶねぇ……変なところを見せてしまった。ごほんごほんと咳払《せきばら》いで誤魔化《ごまか》す。

そして、遅れて背後を見た。

そこにはセラがいる。

「それより、セラ嬢もご一緒にどうかな？」

「……へ？　わ、私もですか!?」

目を見開いてセラが驚く。

あわあわと慌てながら両手を振った。

「ダメですよ、私なんて！　フレイヤ様みたいに何かヘルメス様に差し出せるものもないし……」

「せっかくのチャンスを逃したら後悔するよ？　そういえば、セラ嬢のご実家は商いをしてるとか」

「え？　あ、はい。一応、王都でも指折りの商家だと言われていますが……」

「それなら、もしかするとそのうち欲しい物ができるかもしれない。それを売ってくれればいいさ」

ヘルメスの記憶にあったクリサンセマム男爵家は商家だ。元々平民だったが、爆発的な人気商品を売り出し続け、爵位を金で買った。

普通に考えれば関わる必要も施す必要もないが……俺の考えでは、商家の娘と仲良くなっておくのは今後のためになる。

それに、純粋に彼女には優しくしてあげたかった。虐められている人を放置なんてしたくない。

そっと、彼女にも道を指し示す。

「売るだけ、ですか？　それではヘルメス様には何のメリットも……」

「優先購入権が得られるだけでも充分だよ。今後、高額の品が欲しくなる可能性もあるから」

というか、必ず欲しい物が出てくる。それだけは断言できた。

「わ、私は……」

「遠慮しないでいい理由は作ったよ？　あとは、セラ嬢がどうしたいかじゃないかな？」

「……強く、なりたいです。馬鹿にされないだけの強さが、私は欲しいです！」

キッと伏せていた目を上げる。彼女の瞳には、燃え盛る闘志が宿っていた。

何だかんだで彼女には才能がある。チャレンジ精神もまた才能だ。

俺はにやりと笑って言った。

「決まりだね。フレイヤ嬢も問題ありませんか？」

「ない。父は部下にも剣術を教えたりしてるし、一人くらい増えても平気。その代わり、私にも優先購入権をちょうだい」

「フレイヤ様にも、ですか？」

「うん。何かあった時に便利かもしれないから」

「分かりました。よろしくお願いします！」

ぺこりとセラがフレイヤに頭を下げる。

こうして俺とフレイヤとセラの三人は、互いに技や技術を教え合う関係になった。

▼△▼

フレイヤ、セラと別れて一人訓練場の中に戻る。

第一訓練場では、先ほどの騒動のあとも何とか試験は続いていた。

ちょうど目当ての人物が試験を受けていたので、それをじっくり観察する。

しかし、その人物は思いのほかあっさりと負けた。ほとんど何もできずに。

胸の中に浮かんだ不安が、明確な形となって現れる。

「アトラスくん……」

俺が最近気になっている相手が、茶髪で平凡顔の少年アトラスだった。

彼はこの世界の主人公。本来、数多《あまた》のヒロインと絆《きずな》を育み、様々な困難を乗り越えるべき存在なのだが……そんなアトラスくんが、俺の前であっさりと騎士に負けた!?

実は魔法試験でも俺より先に試験を受けて散々な結果を残している。それらを加味して、俺の不安は急激に加速した。

——どういうことだ？　なんでアトラスくんは剣術も魔法もからっきしなんだ？　進学して一ヶ月半もあれば、どれか一つくらいステータスは伸ばせるはずなのに。

学力のステータスを優先的に上げた？　それで攻略できるキャラもいるが、わざわざ学力特化にする必要性はない。そう思うくらい彼の能力値は低すぎる。

「主人公のおかしな行動……か」

それだけじゃない。俺の不安の中には、いくつもの謎が渦巻いていた。

主人公のおかしな行動。ミネルヴァが誘拐されかけたというのにまったく反応を見せない。

そして、ミネルヴァたちメインヒロインの俺への好感度の高さ。

それに、ミネルヴァ誘拐事件そのものも問題だ。街中で感じた謎の気配……アルテミスの父が残したメモも気になるし、大筋はゲームの頃と変わらないはずなのに、致命的に何かが違っていた。

いったい、この王都で何が起きている？　この世界は——何なんだ？

▼△▼

ぽた、ぽた、と天井から水滴が落ちる。

地下に造られた怪しげな施設の中では、一人の男性が木製の椅子に座っていた。正面には、頑丈そうな檻《おり》がある。檻の中には複数の子供が入れられていた。

「今回の成果は少ねぇなぁ。どうなってやがんだ？」

椅子に座ったガタイのいい男が、背後に立つ女性へ話しかける。

女性は淡々と答えた。

「前に組織の下っ端が、貴族令嬢の誘拐に失敗した。そのせいで最近は衛兵の目が厳しい」

「はっ、これだから雑魚《ざこ》は。ちゃんと無能な部下は始末したんだろうな」

「ううん、してない。というより、その犯行に及んだ下っ端たちは全員衛兵に捕らえられたらしい」

「あ？　失敗した上、そいつら捕まってんのか？　ったく……イライラするぜ。最初から俺らがやるべき案件だったただろ」

「新参者には任せられないと踏んだ」

「その結果がこれか。笑えるぜ」

男は鼻を鳴らして視線を正面に戻す。囚《とら》われた子供たちは、男の発する不気味なオーラに気圧《けお》され、じんわり涙を流す。

泣《な》き喚《わめ》かなかったのは、目の前の男が何をするか分からないからだ。

固まってジッと見つめ返す。

「…………チッ。ここにいると気まで滅《め》入《い》りやがる。地上に行くぞ。マーモンの野郎に、今度は俺らが頼まれたんだ。魔法学園とやらの下見くらいはしとかないとな」

そう言って男は椅子から立ち上がる。無造作に椅子を蹴り飛ばして壊し、その残骸を見ることもなく部屋から出ていった。

最後に、男についていった女性が囚われた子供たちを一瞥《いちべつ》する。その瞳には、哀れみの感情が籠められていた。

モブだけど最強を目指します！

～ゲーム世界に転生した俺は自由に強さを追い求める～

六章　歪む世界

無事に（？）学年別試験が終わった。

そこから土日と試験後の連休を挟むわけだが、俺はこの連休を利用してレベリングを行おうと思っていた。

いつものようにフランの制止を無視して学園を飛び出す。

今日向かうのは、これまで一度も足を踏み入れてこなかった初級ダンジョンの一つ〝暗雲の森〟と呼ばれる場所だ。

そこで手に入るボスモンスターのドロップアイテムが欲しい。ついでにレベリングもする。

王都を出て南西に向かうと、森の奥に目当てのダンジョンを見つけた。

階段を下りていくと、次第に熱帯林みたいな様相を呈してきた。

熟練度上げによく利用した〝巣窟〟に似ている。巣窟は日本にもある森が連想されるのに対して、こちらの暗雲の森は完全にジャングルだ。

遠くからモンスターなのかよく分からない生き物の叫び声が聞こえてくる。

「さてさて……今日は早く帰れるかな？」

俺は剣を抜いてダンジョン内部に足を踏み入れると、迷いなくダンジョン奥地へと進んでいった。

▼△▼

ダンジョンの最奥を目指してずんずん進んでいく。

道中の雑魚《ざこ》は軽く捻《ひね》る。今の俺のステータスなら恐るるに足らない。魔法を使う必要もなく、真剣でばったばったと討伐していった。

すると、すぐにボスエリアの前まで到着する。

暗雲の森は巣窟ほどモンスターが多くない。その分、巣窟より出てくるモンスターのレベルは高いが、それでも俺のほうが強かった。

不自然にひらけたエリア内に入ると、思ったより簡単にボスと対面できた。

地響きが起きて、正面奥に見える穴の中から一匹の大蛇が姿を見せる。

こいつがこの初級ダンジョン・暗雲の森のボス、〝ヴェノムサーペント〟。

名前のまんま毒蛇だ。噛《か》み付《つ》き攻撃を受けると状態異常〝毒〟になる。

念のために解毒用の薬は用意してきたが、なるべく攻撃は回避優先でいく。

「キシャアァァア！」

剣を構えた俺を見て、ヴェノムサーペントが大きな声を上げると、バネのように自身の体を尻尾で弾《はじ》いた。一瞬にして距離を詰められてしまう。

「あぶなッ」

初手から噛み付き攻撃だ。容赦がない。

しかし、動作から相手の攻撃を読んでいた俺はそれを横に躱《かわ》す。地面を削ってヴェノムサーペントが止まった。

「イメージより速いな……けど、攻撃パターンはゲームと同じかな？」

それなら避《よ》けるのに苦労はない。一応、相手の攻撃パターンを見切るために、しばらくヴェノムサーペントの攻撃を防御し続ける。

噛み付き。毒霧。尻尾による薙《な》ぎ払《はら》い。突進。

どれもゲームで見た時と同じモーションだった。

「うん。これなら簡単に倒せそうだ」

今度は攻勢に転じてみる。

ヴェノムサーペントは爬虫類《はちゅうるい》のくせに火に強い。というか、魔法に対する耐性が高い。

だから剣術で体力を削るのがセオリーだが、それだと単純すぎて面白くない。

ここは検証も兼ねて、適当に複数の属性の魔法を撃ち込んでみるか。

火――は森が燃えたらマズいので、水・風・土の魔法をそれぞれ発動する。

ヴェノムサーペントは器用な動きで俺の攻撃を避けると、素早く反撃に転じた。

ちょこまかと鬱陶しいな……それに、魔法攻撃は効きがやっぱり弱い。たまに当たるが、あまりダメージを稼いでいるようには見えなかった。

となると、やっぱり剣術で倒すしか方法はないのか？

「……いや待て」

そこで不意に、俺の中に妙案が浮かぶ。

ちらりと手元の剣へ視線を落とした。

「魔法の並列起動だってできたんだ、魔法と剣術の融合がなぜできないと思う？」

ゲームでは魔法はただ唱えるだけ。勝手に魔力が減って魔法が発動する。

だが、この世界には魔力を操作するという技術がある。それはつまり、魔力を剣にまとわせて魔法を発動することもできるんじゃないのか？

思い立ったがなんとやら。

ワクワクする心に従って魔力を剣に流す。

魔力は体に近いほど制御がしやすい。手元の剣なら何の問題なく魔力を制御できた。そして、

「そうだな……見栄えと攻撃範囲《リーチ》からして火属性魔法でもいいだろ」

剣にまとわせた魔力を火の属性に変換する。

剣が燃えた。見事に燃えた。

直後、攻撃してきたヴェノムサーペントの皮膚を斬り裂く。

ズバッ！　ボウッ！

斬撃と同時に炎が発生する。体内から焼かれたヴェノムサーペントは、魔法への耐性がありながらも悲鳴を上げた。

反応を見た感じ、なかなか悪くない。斬撃が入ることでダメージが増加された。おまけにこの魔法の発動の仕方なら、消費される魔力の量も少なくて済むようだ。

「いいね！　名付けるなら付与魔法《エンチャント》ってところか。しかもこれなら、剣術と魔法の熟練度を両方同時に上げられるのでは？」

熟練度上げの最適解まで見つけてしまったかもしれない。

ますます胸が躍る。

俺に斬りつけられたヴェノムサーペントは、怒りの形相でこちらを睨《にら》んでいた。

「シャアァァァ！」

体全体を使った激しい攻撃を繰り出した。二十メートルを超える巨体だ、ジタバタ暴れるだけでシンプルな攻撃になる。

「ちょっとは落ち着けよ。まだ、俺はやりたいことが残ってるんだからな！」

暴れるヴェノムサーペントから距離を取って、地面に手を突く。

魔力を地面へ流すことで、地形に対して土属性魔法を干渉させた。次々にヴェノムサーペントを囲むように石の柱が地面から飛び出す。

合計五本。まるで五角形を描くように柱を設置した。これで足場ができる。

続けて足の裏に風を起こして自分を射出する。ヴェノムサーペントに接近して、付与魔法《エンチャント》したままの剣を振った。

剣身が見事に反応の遅れたボスの首元を斬り裂く。そのまま勢いを殺さずにヴェノムサーペントの後ろにあった柱に着地。柱を蹴ってさらに攻撃を行う。

「――何回目で死ぬかな？」

一撃、二撃。三撃。四、五、六……絶え間なく中央のヴェノムサーペントを斬り裂く。

この、空中での動きを可能にするために石の柱を設置した。巨大なモンスターが相手だろうと、機動力を活《い》かして追い込んでいくことができる。

だが、ヴェノムサーペントは途中から邪魔な柱を破壊し始めた。強靭《きょうじん》な尻尾が次々と土魔法を粉砕し、俺の足場があっという間になくなる。

しかし、もうかなりダメージを負わせた。

最後の一柱を蹴って後ろからボスに接近し、渾身《こんしん》の力と、強めた付与魔法《エンチャント》でヴェノムサーペントの首を深々と斬り裂いた。

モンスターの首の半ばまで刃は通り、剣身を介して魔力の放出量を上げる。

すると剣身から迸《ほとばし》る魔力は、まるで爆発を起こしたかのようにヴェノムサーペントの体内で——

炸裂《さくれつ》した。

巨大な蛇の体が、瞬間的に真紅に染まる。

続いて、じりじりと皮膚を焦がして発火した。

ヴェノムサーペントは苦しそうに悶《もだ》える。

業火を背負い、余すことなく全身を焼かれ——力尽きて倒れ込んだ。

地面に着地した俺は、振り返ってボスの悲惨な姿を見下ろした。

「意外とタフだったな。まあ、おかげでいーい魔法が作り出せた。感謝するぜ」

にやりと笑って剣を鞘《さや》に納める。

ボスの死体が徐々に崩壊を始めた。ダンジョン産のモンスターは、死後、その肉体がダンジョンの一部に戻る。そうして再び構成される現象を俺は復活《リポップ》と読んでいる。ゲームのアレだな。

「さて……次の個体が復活《リポップ》するまで適当に周りのモンスターでも狩ってるか」

時間は一秒だって無駄にしない。

踵《きびす》を返してエリアの入り口に向かう。

ドロップだけじゃない。経験値だって当然美味《おい》しいのだ。特にボスの討伐はたまらない。

この日、俺は大量のヴェノムサーペントを討伐し、ドロップアイテムと膨大な経験値を獲得した。

ヘルメス・フォン・ルナセリア

性別	男性
年齢	15歳
レベル	35
STR	112
VIT	112
AGI	112
INT	112
	魔法熟練度
<火>	中級42
<水>	中級40
<風>	中級41
<土>	中級41
<神聖>	中級40
<闇>	中級40
剣術	中級54
学力	60
魅力	100

▼△▼

時刻は夕方。

ヴェノムサーペントをひたすら倒していたら、すっかり外は暗くなっていた。

そろそろ帰らないとフランにどやされる。急いでダンジョンから飛び出すと、まっすぐに王都へ帰還した。

正門を潜り、中央広場を抜けて北区の学園を目指す。

何とか夜になる前に戻ると、学園前は騒然としていた。多くの生徒や住民たちが押しかけている。

「？　何かあったのか？」

首を傾《かし》げながら群衆に近付く。すると、

「ええええ!?　み、ミネルヴァ様が誘拐されたの!?　学園内で!?」

「ッ!?」

もたらされた衝撃の情報に、慌てて近くにいた女子生徒へと詰め寄った。

「い、今の話はどういうことだ!?　詳しく教えろ！」

思わず素《す》の自分が出てくるが、今は取り繕っている余裕はなかった。

「へ、ヘルメス様？　いえ……私もたまたま聞いただけなんですが、なんでも、学園内に不審者が現れてミネルヴァ様を攫《さら》っていったそうです」

「どこに!?」

「そ、そこまでは……」

さすがに分からないか。

俺が外に出ている間ってことは、白昼堂々とミネルヴァを誘拐したのか？　この魔法学園で？

何人もの教師にバレる前にことを済ませられる自信があったのか、はたまた秘密の道具でもあったのか。どちらにせよ、ミネルヴァが誘拐されたって話は事実だと思われる。

周りで他の生徒たちも同じことを話していた。

すぐにミネルヴァを探すべく行動を始める――前に、足を止めた。

「……どうやって探せばいいんだ」

俺はミネルヴァが誘拐される現場を見ていない。話を聞いただけだ。

いくらチートスペックを持っていようが、全属性に適性があろうが、知らないことは知らない。分からない。

せめてファンタジーものでよくある探知魔法みたいなのが使えれば……。

「――いや、そうじゃないだろ」

何言ってるんだヘルメス。しっかりしろ。

これはゲームのシナリオにある展開じゃない。俺がやらなきゃ誰がやる？

これまでの動きから、主人公のアトラスがミネルヴァ救出に動くとは思えない。仮に行動しても騎士に勝てない程度の実力じゃあ無意味だ。

騎士にも勝った俺ならあるいは……。

ミネルヴァを探し出す方法を即座に考える。その答えを、すでに俺は持っていた。

――探知魔法だ。

ないなら創ればいい。並列起動も付与魔法《エンチャント》も全て俺が創った。やれるはずだ！

大事なのはイメージとその効果。

ファンタジーものの探知魔法と言えば、魔力を広げることが多い。そんな広範囲に魔力を広げて制御できるわけもないが、ただ広げるだけなら制御の必要はない。

　ここで問題になるのは、魔力を広げたまま俺と繋《つな》げておく必要があること。

たとえるなら、投擲《とうてき》ではなく紐《ひも》を投げるイメージだろうか。

　魔力と俺が繋がっていないと、探知魔法で拾った気配を俺が感じ取ることはできない。それはつまり、探知魔法には大量の魔力が必要になるってことだ。継続的に魔力を広げ続けないといけない。電気を流し続けるようなものだ。

　相手が遠くにいれば、それだけ魔力を喰《く》う。

　せめて近くにいることを祈りながら、時間がないので探知魔法を生み出す作業に取りかかる。

　幸い、仕組みは簡単なので魔法自体はすぐに発動した。

　どんどん俺を中心に魔力が周囲に流れていく。できるかぎり出力は絞って、より広く……。

　そうして数キロ先まで魔力が飛ばされていき――ようやく、ミネルヴァらしき魔力の波長を摑《つか》み取《と》った。

「そこか!!」

　反応があったのは、東区の地下。住宅街の真下だった。

　地下にアジトがあるから発見されなかったのか。

　俺は急いで踵を返すなり学園を飛び出した。

　まずは地下への入り口を探す。恐らく、アジトの真上に不自然に集まった集団。彼らが知っているはずだ。

▼△▼

バキイッ。

木で造られた簡素な扉を蹴破る。

中にいた四人の男が、物音と衝撃に気づいて椅子から立ち上がった。

「な、何だてめぇ！」

男の一人が刃物を抜いて構える。

「アジトの入り口を守っているなら、刃物《それ》は抜かないほうがいいぞ。どの道、邪魔するなら潰すけど」

近くに来てすぐ分かった。この建物には嫌な気配がこびり付いている。間違いなく、何かがここにはある。

そう確信した俺は、ノックする手間すら惜しんで扉を破壊し中へ入ったのだ。

「こいつッ！　なんでアジトのことを!?」

「下っ端か」

ペラペラと動揺を隠そうともしない。よくもまあ、今まで衛兵に見つからずに済んだものだ。

とりあえず、地下という単語を出した瞬間、四人中二人が同じ方向を見た。

ちょうどテーブルの真下だ……あそこか。

「悪いが、出る時にお前らがいると困る。ちょっと痛い目に遭ってもらうぞ」

一歩、また一歩と彼らに近付く。

最初は怖気《おじけ》づいていた下っ端たちも、それぞれが武器を構えて強気になると、やるしかないと言わんばかりに襲いかかってくる。

ナイフを持った男は、手首を折って気絶させた。

剣を持った男二人は、両腕の骨を粉砕して気絶させる。

最後に残った男は武器こそ構えなかったが、許しを乞うたので足の骨を折って気絶させた。

いまさら許されようなんて馬鹿げた話だ。

四人の男性をものの数分で鎮圧し、全員縛り上げる。

後はテーブルを退《ど》かし、床板を無理やり剝《は》がす。予想どおり、そこに地下へ続く入り口があった。

「最初に感じた魔力の反応だと、地下には何人かいたな」

特に大きな反応は二人。それ以外は雑魚だ。

気負うことなく地下へ続くハシゴを下りていく。

▼△▼

ハシゴを使って地下に下り立つ。薄暗い空間が広がっていた。

遠くに微《かす》かな明かりが見える。恐らくあちらに続いているのだろう。ゆっくりと音を殺して進む。

探知魔法による魔力の感知は、全部で数十にも及んだ。このうちのいくつかは恐らく誘拐されたミネルヴァと住民たちだろう。

どれくらい敵が地下に潜んでいるのか分からないため、慎重に一人一人探していくしかなかった。

見つかるタイミングは自分で選びたい。それゆえに、移動には時間がかかってしまう。

しばらくすると、明かりの傍《そば》から複数の男性の声が聞こえた。

さらに近付くと、それが敵の声だと分かる。

「いやー、地上は今頃大騒ぎだろうな」

「あの新入りがド派手に暴れたんだって？　すげぇよな。天下の魔法学園から貴族のご令嬢を攫ってくるなんざ普通じゃねぇよ」

「でもいいのか？　あんまり派手に動きすぎると、その内衛兵にここがバレたりして……」

「そうなっても秘密の通路があるらしいから安心よ。リーダーしかその存在は知らないけどな」

「なるほどねぇ。じゃあそん時は、あの新入りに殿《しんがり》でも任せるか！　ギャハハハ」

……ふむ。話を聞くかぎり、その新入りとやらがミネルヴァを攫った張本人で間違いないな。

そして、やっぱりここが誘拐犯のアジトか。

なおも会話を続ける三人組を敵と断定。気配を殺したまま奇襲する。

剣を使わず、まずは幻覚を見せる闇属性魔法を使った。相手の視覚を潰すのと同時に、悪夢のような光景を見せる。

並列起動で三人まとめて幻覚にかかったので、どうやらレベルは低いと思われる。

「ぐあぁぁ!?　む、虫が急に俺の体にいぃぃ!?」

「く、来るな！　何なんだお前は!?　やめろおおお！」

「ば、バケモノに喰われ――ぎゃあああ！」

三者三様、それぞれが最悪の幻覚を目の前にする。

誘拐犯たちが俺の魔法で苦しんでいる間に、そっと後ろに回って殴打。二人を気絶させてから残りの一人の魔法を解くと、急に相手は視界が戻ってホッと胸を撫《な》で下《お》ろした。

そして、間髪入れず――

「――叫んだら殺す」

「ひッ!?」

男の首に剣を突きつける。ひんやりとした感触に男は悲鳴を漏らした。

「お、お前は誰だ？　何者だ！」

「叫ぶなって言っただろ？　今、お前の命は俺の手の中にある。静かに、俺の質問にだけ答えろ。次はない」

「ッ…………」

俺が本気で殺意を垣間見《かいまみ》せると、男はごくりと生唾を飲んで口を閉ざした。

「よしよし。じゃあ質問だ。ここは誘拐犯のアジトで間違いないな？　さっきの会話は聞いてた。言い逃れするなよ？」

「…………」

こくこく、とゆっくり、小さく男は頷《うなず》く。

「なら、新入りとやらが誘拐してきた貴族令嬢はどこにいる？　場所を教えてくれたらお前の命は助けてやるよ。それとも、横に転がってる仲間と同じ目に遭うか？」

お仲間さんたちは気絶してるだけだが、この状況で男はそれを判断できない。焦りが恐怖を生み、恐怖が思考を鈍らせる。

倒れた仲間たちをちらっと一瞥《いちべつ》してから、かすかに震える声で言った。

「しゃ、喋《しゃべ》る……お、俺もよく知らないが、この扉を通って奥、階段をさらに下った先の広間に閉じ込められているらしい。ひときわ頑丈そうな鉄製の扉があるから、見つけるのはそう難しくないはずだ」

「この先の階段を下りて、一番奥の部屋だな？」

「そ、そうだ」

「OK。情報提供ありがとう。間違ってても死んだりしないから安心しな」

「へ？　それはどういう――」

言葉は最後まで続かない。俺が相手の首元を殴打し、男は気絶した。

口を塞ぎ、縄で縛り上げてから俺は通路の奥へ進んだ。男が言っていたように、部屋の先には階段があり、それを下りるとひときわ頑丈そうな鉄製の扉を見つける。

「この先にミネルヴァが……」

敵がいることも考慮して、念のために探知魔法を使う。この魔法、魔力消費が多いからあまり使いたくはないが、背に腹は代えられない。奇襲されたら困るのは俺だ。

魔力を周囲へ放ち探知を行ったが、部屋の中には一人分の魔力しか感じなかった。

覚悟を決めて扉を開けると、その先には円を描くように造られた岩肌の一室があった。広さは大体三十メートル四方ってところか。天井も高くずいぶんと無駄に広い印象を受けた。

その部屋の一角、頑丈そうな檻《おり》の中に、俺が探していたミネルヴァの姿がある。

彼女もこちらに気づき、目と口を大きく開く。

「へ、ヘルメス様……？」

「ミネルヴァ嬢！　よかった、無事ですか？」

彼女の傍へ駆け寄ると、彼女もまたギリギリまで近付いてきた。

両手両足が鎖によって縛られている。

「ヘルメス様！　どうしてヘルメス様がここに……」

「もちろん、ミネルヴァ嬢を助けに来たんですよ。誘拐犯に何かされませんでしたか？」

「い、いいえ。今のところは何も。この檻に閉じ込められてそれっきりです」

「それは何より。じゃあ後はこの檻を破壊すればいいんですね」

檻に触れて確かめると、相当頑丈な素材で造られているのが分かる。しかも無駄に太いため、剣で斬ろうとすると、たぶん俺の筋力《STR》では足りない可能性がある。

神聖魔法で肉体能力を強化すればいけるか？　いや、ここは風属性魔法の付与を使えば……。

「ちょっと離れててください。檻を切り裂きます」

鞘から剣を抜く。

剣に魔力を通して——

「——ちょっと待てよ」

「ッ!?」

背後から、突如低い男の声が聞こえた。

振り返ると、部屋の入り口に二人の男女が立っていた。

「二人で楽しんでるところ悪いんだが、俺らも交ぜてくれねぇか？　色男さんよ」

「……誰ですかね。味方だとありがたいんですが」

「その男が私を攫った張本人です！　気をつけてください、ヘルメス様！　隙を突かれたとはいえ、その男、相当な手練《てだ》れです！」

「この男が……！」

「おいおいおい。ネタばらしが早すぎるぜ、サンライト公爵家のお嬢さん」

ククク、と男が喉を鳴らす。立ち居振る舞いから強者のオーラが漂っていた。

「これは……少しだけ面倒なことになりそうですね」

やれやれと剣を構える。

ミネルヴァが閉じ込められているこの部屋は、檻があっても充分な広さがある。

中央には不気味な悪魔像が置かれ、祭壇のようなものが建てられていた。

いったい何が目的なのか。ちょっと探りを入れてみるか。

「質問いいですか？　そちらの方」

「あん？　いいぜ。俺に答えられる内容だったらな」

「ミネルヴァ嬢を攫って何を企《たくら》んでいるんですか？　それに、他にもたくさんの人を誘拐してるでしょう？　目的は？」

「さあな。下っ端の俺がそんなこと知るかよ。ただマーモンの野郎に攫えって指示されてるだけだ。理由が聞きたいならそっちに頼みな」

「マーモン？」

妙に引っかかる名前だな……悪魔のことか？

「それよりさっさと始めようぜ。見たら分かる。お前も相当強いな？」

にやりと笑って男が腰に下げた二本の剣を抜く。

異世界で初めて見る双剣の使い手か。ゲームにもそんな奴《やつ》はいなかったな。

後ろに控える女性も、背負った槍《やり》を構える。

二対一。圧倒的に不利な状況だ。相手がどちらも強者となると余計に。

「ヘルメス様……」

背後の檻の中からミネルヴァの心配そうな声が聞こえた。

俺は笑みを作って彼女に伝える。

「任せてください、ミネルヴァ嬢。さっさとあいつらを倒してあなたを助けます。必ず」

なるべくミネルヴァを巻き込まないように檻から離れる。

男も俺の誘いに乗って、檻に攻撃が届かないよう移動した。意外といい奴だな。

「カッコイイねぇ、お前。ルナセリア家のボンボンとやりあえるなんざ、いくら大金を積んでも無理な話。せっかくの機会だ、楽しませてもらうぜ？」

「俺がルナセリア公爵家の人間だって知ってるんだな」

「ははっ、敬語が取れたな。俺には敬意を表せないってか？　冷たい奴だ。……ま、お前はこの街じゃ有名人だしな。黒髪に黄金色の瞳をしたガキ。歴史上二人しかいない全属性の適性者。そんでもって稀代《きたい》のイケメンとくりゃあ、誰だって見れば分かる」

お互い、同時に足を止めた。

空気がひりつく。視線が交錯し、わずかに体を沈め――

「そうか。じゃあ、精々吠《ほ》え面《づら》でもかいてくれ」

同時に地面を蹴った。

一秒にも満たない時間の中、お互いに肉薄する。

相手のほうがわずかに速い。二本の剣を俺の胸元で交差させ、その中心がちょうど重なる瞬間を狙って、剣でガードした。

――チッ。腕力も相手のほうが上か。衝撃に押されて後ろに下がる。

その間に槍使いの女が横から迫ってきた。

鋭い突き技を繰り出してくるが、こっちは俺より速度が遅い。相手の攻撃を見切って全て躱した後、一歩前に踏み出して蹴りをお見舞いしてやった。

女はガードするが、そのガードごと打ち抜いて吹き飛ばす。蹴られる直前、女は地面を蹴って衝撃を後ろに流し、くるりと空中で体勢を整えて地面に着地した。

「よそ見は厳禁だぜ？」

今度は双剣使いの男が飛び込んでくる。絶え間ない攻撃が繰り返された。

「見てるよ」

男の斬撃を伏せて躱した瞬間、頭上すれすれを剣が通った。

続けて、左足を軸に右足で相手の足を払う。

「――っと」

男の体勢が崩れたのに合わせ、俺はすぐに立ち上がって剣を突き出した。

しかし、ザクザクザクと繰り返した攻撃も全て転びながら避けられてしまった。

反射神経も並みじゃないな。

「危ねぇ危ねぇ。お前、全部顔に当てようとしてくるとか殺意高いなおい。ほんとにガキか？」

「お前らを殺さないように捕獲するのは難しそうだからな。死にたくないなら降参しろよ」

「ハッ、ほざけ！」

立ち上がった男が、再び剣を構えて突っ込んでくる。同時に、横からは槍使いの女が。

こいつら、ずいぶんと戦闘慣れしているな。お互いの攻撃がギリギリ被《かぶ》らないように調整してやがる。

特に男のほうが厄介だ。恐らくレベルは俺より高い。

この状況でこいつらを倒すには……こっちの手札を切るしかないな。

残りの魔力を気にしながら、俺は魔法を使うことに決めた。

——風属性魔法。

魔力を風に変換する。

左手で正面から向かってくる双剣使いの男を吹き飛ばし、右から迫る女と刃《やいば》を交える。

戦闘の基本のキ、まずは弱い奴から狙うを徹底する。

突き技主体の相手の動きは、手数が多いだけで避けるのは簡単だ。できるだけ紙一重で躱しながら、距離を詰めて剣を叩《たた》き込《こ》む。

槍っていう武器は確かに距離を取って戦える利点がある。しかし、距離を詰められると一気にやれることが少なくなる。というか、ほぼ何もできない。

剣が当たる距離まで近付かれると一方的な戦いになる。

彼女もステータスは高いし技量もあるが、相手が悪かったな。

全てにおいて俺のほうが彼女より上だった、それだけの話だ。

徐々に槍使いの体に傷が刻まれていく。薄く血が滲《にじ》み、表情に陰りが出た。

そこへ吹き飛ばされていた男が戻ってくる。

「ミスティー！　退《ひ》け！　俺がやる！」

叫び、同時に火属性魔法を使った。

——火属性魔法!?

「————〝火球〟！」

炎の球が飛んでくる。それをやや大袈裟《おおげさ》に避けながら俺は強い驚きを抱いた。

こんな場所で火属性魔法を使うなんて、あいつ何を考えて……!?

「おらぁ！」

「ッ」

着弾した火の中から男が飛び出してきた。一瞬にして間合いを潰し、俺の懐に入る。

でたらめに振り回された剣を捌《さば》いていたその時、視界の端に体勢を整えた槍使いの姿が映った。

このままだと長引くのは確実だ。しょうがない。

——並列魔法起動。

「なにッ!?」

やられたらやり返す、という気持ちを込めて正面の男に炎を噴射する。

横から迫っていた女には、対人戦闘で格下相手にめっぽう強い闇属性魔法の視界妨害を同時に放った。

男は炎に焼かれ、女は弱体化。

念のため、石で造った簡易の箱に男を閉じ込め、壊して出てくるまでに女を倒すことにする。

地面を蹴って槍使いに肉薄すると、こちらの気配を感じた女は、幻覚を受けているはずなのに反撃をしてきた。

耳がいいな。けど、適当に振った槍に当たるほど俺は間抜けではない。

相手の攻撃を無慈悲に弾き、左肩から右脇腹までを斜めに深く斬りつけると、大量の血が迸った。

結構な魔力はもっていかれたが、ようやく一人倒すことに成功した。

女は崩れ落ちながら、最後に一矢報いようと槍を握る。しかし、その攻撃が行われるまでに俺は彼女の右腕を斬り飛ばした。

「終わりだ。死にたくなきゃそこでジッとしてろ」

あの男がすぐに降参すれば治療くらいはしてやれる。そうでなきゃ彼女はそこまでだ。

くるりと反転したその時、音を立てて石の箱が崩れ落ちた。土煙を切って、男が立ち上がる。

至近距離で魔法を浴びせただけあって、わずかにやけどの痕が見えた。

「あー……痛かったぜ、おい。よくもやってくれたな」

「もう降参しろよ。仲間はご覧のとおり瀕死《ひんし》だぞ。すぐに止血しないと死ぬ」

ちらりと倒れる女に視線を向けるが、男は首を傾げて笑った。

「それがどうした？　弱い奴は死ぬ。それが世界の摂理だろ？　悲しむ必要はねぇよ。どうせ、お前を殺せば敵討ちにはなる」

双剣を構え、男が地面を蹴った。

目の前に男が現れて剣を振るが、俺はそれを避けて次の攻撃をガードする。そろそろ相手の動きにも慣れてきた。

ここは攻めに転ずる時だ。

——サンライト流剣術。

手を垂直に伸ばし、鞭《むち》のように斬撃を放つ。

「なんだッ!?」

急に攻撃パターンを変えると、男が驚きと共に後ろへ飛《と》び退《の》いた。

今度は俺が追いかける番だ！

——土属性、ならびに風属性の並列魔法起動。

相手の後ろに壁を作り、足の裏に風を生み出して自らを前方に飛ばす。

急激に加速した俺の動きに、男は反応しきれなかったのか、容易に首に刃が届く。

しかし、男は驚異的な反応速度でわずかに首を横にズラした。

傷は浅い、大して首を斬れず壁に着地する。

続けて、切り返してもう一度首を狙う。それを、

「————〝火葬〟」

男が火属性初級魔法で迎え撃つ。

慌てて上に飛び跳ねる。男の背丈を越えて元の位置に着地した。

振り返った先では、男が血を流しながら首を押さえている。苦しそうだ。

「はぁ……くそ。しくったな。なんだ今の魔法は？　魔法なのか？　急に動きが速くなったように見えたぜ」

「実際速くなったからな」

「ククク……稀代の天才、ねぇ。やっぱルナセリア公爵家の人間ってのは特別なのか？　みんなお前みたいに」

無駄に会話が続く。先ほどまでの威勢が消え失せていた。男には分かっていたのだろう。自分がもう俺には勝てないことを。

「さあね。みんな凄《すご》いとは思うよ」

「そうかい。だったら、この敗北は光栄だったと言うべきだな」

男が剣を捨てた。からんからんと金属が音を立てて地面を転がる。

戦いの終わりに、俺もホッと胸を撫で下ろした。

その時。

「――おやおや……ヘラルド、あなたまで負けてしまったのですか？」

部屋の入り口で声がした。

▼△▼

俺も、ヘラルドと呼ばれた男も同時にそちらへ視線を向ける。

俺が入ってきた部屋の入り口には、二メートル近い背丈の男？　が立っていた。

全身を黒塗りのローブで覆っている。フードが邪魔で素顔は見えないが、まとう気配が尋常ではない。

というより――。

「お前……前に俺を見ていた奴だな？」

この男の気配には覚えがあった。今まで戦闘に集中していて感知できなかったが、背筋が凍るようなこの圧は……間違いない。

前にミネルヴァを助けた時に感じた気配とまったく同じだった。

「いい記憶力をお持ちですね。さすがはルナセリア公爵家の神童と呼ばれるだけはある。あれだけ遠く離れた小生の気配すら探知するとは」

謎の男はぱちぱちと拍手をする。

場違いの空気に俺は呑まれかけるが、男は襲ってくるそぶりすら見せず、なおも会話を続けた。

「あなただけですよ。小生の計画を邪魔するイレギュラーは。ミネルヴァ・フォン・サンライトの誘拐を妨害しただけに飽き足らず、まさかこのアジトまで発見されるとは。失点ですね、ヘラルド」

「はっ、うるせぇよ。こんなバケモノ相手に、むしろよく時間を稼いだほうだろ。あとはてめぇでやれ」

「口の減らない……まあいいでしょう。ヘルメス・フォン・ルナセリア。あなたを捕らえ、我が計画の糧にします。どうか藻《も》掻《が》き苦しんでくださいね？」

「ッ!?」

言い終えるなり、謎のローブの男が目の前にいた。

一瞬だけ反応が遅れる。

拳が振るわれ、何とかガードに成功するが——

「ぐうぅッ!?」

凄《すさ》まじい衝撃を受けて壁まで吹き飛ばされた。そのまま壁にめり込みダメージを受けてしまう。

——な、なんだこいつ……強すぎる。

ヘラルドを遥《はる》かに超えるステータスだ。俺でも動きを追えなかった。おそらくレベル40以上……。

きっと、あらゆるステータスが俺より高い。

壁を崩しながら立ち上がる。たった一撃で体力がかなり削られた。まずいな……。

「ほう……今の一撃を防ぎ、あまつさえ立ち上がりますか。ヘラルドを圧倒しただけありますね」

「そういうお前は、馬鹿みたいに強いのな」

正直ピンチだ。今のが全力じゃないとなると、俺が逆立ちしてもあの男には勝てない。

いつの間にかヘラルドとミスティの姿も消えている。

あの傷で仲間を背負って逃げられる体力があったとは。これじゃあ計画がもろもろパーだ。

こんな事なら通報くらいしておけば……いや、俺より弱い騎士が何人集まっても、目の前のバケモノには勝てない。

犠牲者が増えなかったと安堵《あんど》すべきだろう。

「ふふふ。小生が強い、ですか。あなたはまだ本当の強者を知らない。よかったですね、弱くて。

痛みもなく殺して差し上げますよ」

「死ぬかよ」

転生してまだ半年も経《た》っていないのだ、死ぬには百年早い。

両足を風魔法で撃ち出し、ローブの男の隣を通り抜けてミネルヴァの傍に着地した。

「今のは……魔法？　面白い使い方をするんですね。気が変わりました。もっと見せてくださいよ」

余裕そうにローブの男が振り返る。

俺はにやりと笑って言った。

「いいぜ、見せてやるよ」

剣に魔力をまとわせ魔力を風属性に変換。切れ味を底上げして――檻を斬った。

俺の予想どおり、風属性魔法を付与すると切れ味が上がる。頑丈そうな檻もバターみたいに斬れた。

「ミネルヴァ、君は逃げてくれ。どうにか俺が時間を稼ぐ！」

「そ、そんな！　ヘルメス様を置いて逃げられません！　私も一緒に戦います！」

「ダメだ！　あの男は強い。俺たちが手を組んだところで焼け石に水だ。まったく歯が立たない」

「それでも私は逃げません！　ヘルメス様の犠牲の上で成り立つ未来など、私は認めません！　ヘルメス様が助けに来てくれたように、今度は私がヘルメス様を助けます！」

キッとミネルヴァの瞳に強い闘志が宿る。

彼女は立ち上がり、ローブの男を睨んだ。

「何が目的で私を誘拐したのかは知りませんが、絶対に私たちは負けません！　二人でここを出るんです！」

ミネルヴァの魔力が高まる。

彼女の体が黄金色の魔力に覆われた。

――な、何だ、あれは⁉

ゲームにはなかった光景に思わず驚いた。

「おお！　この魔力！　小生が睨んだとおり、あなたはスキルを獲得したのですね！　それも魔力系統のスキル……素晴らしい！」

「スキル？」

あの男は何を言ってるんだ？

両手を上げて喜んでいるが、俺には話の内容はサッパリだった。

しいて言うなら、この状況はあの男にとって喜ぶべきもの。ということは……誘拐犯が求めているのは、本当に魔力に関係した人物？

「ヘルメスを捕まえるより、あなたを捕まえたほうがよさそうですね。まあ、どちらも捕まえて帰りましょうか」

「させないわ！　――――〝炎天《えんてん》〟！」

ミネルヴァの黄金の魔力が、黄金の太陽を生み出した。

そう思えるくらいの魔力量が火属性中級魔法を形作る。

俺が知ってるミネルヴァの魔法じゃない！　威力が段違いに上がっている。

「燃え尽きなさい！」

ミネルヴァが炎で構成された巨大な球体をローブの男へ落とす。

その魔法を前にしながら、男は腕を前に突き出して余裕たっぷりの声で言った。

「出番ですよ――――〝オルトロス〟」

直後、男の腕が膨張する。膨れ上がり、ローブの中から大きな犬の顔が現れる。

その顔に見覚えがあった。

あれはラブリーソーサラーに登場するモンスターだ。名前をオルトロス。凶悪なレベル40ほどの個体だ。

それがどうして男のローブの中から!?

俺の疑問を置いて、モンスターの口が魔法を呑み込む。

通常のオルトロスに魔法を呑み込む能力はない。あの男の能力か、はたまた物理的に消し去ったのか。

ミネルヴァの魔法は一瞬にして姿を消した。

「ごちそうさまでした。悪くない味でしたね」

ローブの男がくすくすと笑う。

その隙に、俺が肉薄した。

「――おや？」

ミネルヴァの攻撃を無駄にはしない。相手が油断した隙に再度風属性の付与を行う。

風属性の付与には切れ味の向上以外にも、もう一つのメリットがある。それは、攻撃範囲《リーチ》の拡張。

剣が届かない位置から、俺は剣を振った。

魔法で作り出された不可視の刃が、ローブの男を狙う。

しかし、男はギリギリのところで俺の斬撃を見切り、後ろに下がって避ける。

刃は男のローブを斬り裂いて終わり、傷の一つも与えられなかった。

代わりに、斬撃に乗った風圧がフードを吹き飛ばし、相手の素顔が露《あらわ》になる。

「なっ!?　その姿は……」

相手の素顔を見て、俺の動きが止まる。

男の顔は人間のそれではなかった。髪が抜け落ち、口元には小さな触手が大量に生えている。まるで人型の蛸《たこ》だ。

おまけに瞳は赤く、まるでモンスターを彷彿《ほうふつ》とさせる。

だが、俺はその特徴を知っている。

前に気になって図書室で魔法の勉強がてら調べたことがあった。

――〝魔族〟。

大昔に存在したとされる種族で、知能のあるモンスターといったところか。

魔族は個体数が圧倒的に少ない一方で、人間を遥かに超越した能力を持っている。

魔王と呼ばれる最強の個体に従い、かつて人類と大規模な戦争を行い、その果てに勇者に討伐されたはず。

どうして現代に魔族が？　このゲーム《ラブリーソーサラー》の中には出てこなかったのに。

「あら……バレてしまいましたね。注意してたつもりが、面白い手に引っかかってしまった。先ほど見せてくれた魔法ですね？　初めて見ましたよ。よかったらその魔法、教えてくれませんか？」

クックッと魔族は喉を鳴らして笑う。

まるで素顔がバレたところで問題ないと言わんばかりの態度だ。

事実、このままでは俺もミネルヴァも負ける。殺されはしないだろうが、この後に待ち受けている展開がまともなモノでないことは想像できる。

どうにかして、ミネルヴァだけでも逃がさないと……。

「無視ですか？　もしもーし」

「魔族が人間と同じ魔法を使うのかよ。冗談だろ？」

少しでも時間を稼ぐために相手の話に乗る。

しかし魔族は、先ほど見せたオルトロスの口をこちらに向けて言った。

「言われてみればそうですね。人間と違って、我々には選ばれた力がありますし。ほら、たとえばこの顔《オルトロス》。これ、小生の腕なんですよ？」

ローブをめくって見せてくる。確かに腕とオルトロスの顔が融合していた。その見た目に生理的嫌悪感が込み上げてくる。

「小生の能力は〝生命の融合〟。こうして体の一部を取り込み、自分のものにできるのです」

「その力を使ってミネルヴァや俺を吸収するつもりか？」

「いえいえ。あなた方にはまた別の使い道がある。それは大人しくついてきてくれるなら説明しますよ？」

「魅力的な提案だな……断る！」

俺は剣を構えた。ミネルヴァのほうからも魔力の波動を感じる。

「俺たちは、今までどおりの生活がしたいんだ」

「――〝陽炎《かげろう》〟！」

ミネルヴァが生み出す黄金の魔力が炎の矢を形成する。中級魔法だ。

その瞬間、無数の矢が魔族に降りかかる。

「ふふふ。無駄な足掻《あが》きを。――〝オルトロス〟〝ミミック〟」

魔族は両手を使ってミネルヴァの攻撃を防ぐ。左右どちらの手もモンスターだった。

俺は俺で地面を蹴って相手に接近する。

付与魔法《エンチャント》は神聖でいく。魔族にはこれが一番効くと本に書いてあった。

「むッ！　その魔法は……」

銀色の光を見て、あからさまに魔族の表情が曇る。

わずかに後ろへ下がると、防御を中止して俺を迎え撃つ。ミネルヴァの攻撃はガードしなくてもほとんどダメージを受けないという判断か。逆に言えば、俺の攻撃は魔族に届く？

神聖魔法が役立つ可能性がある――なら、試すことは決まっている。

並列起動で、周囲に神聖属性の光を合計四つ発生させた。

「魔法の同時発動!?　そんな真似《まね》が!?」

「できるんだよ！」

光を一斉に撃ち込む。

魔族は両手で神聖魔法をガードするが、その間は無防備だ。俺にはまだ付与した神聖魔法が残っている。

足元を風で撃ち出し、勢いを増して相手を斬り裂いた。

今度こそ斬撃がヒットする。非常に硬い感触が手に伝わり、魔族はわずかに血を流した。

「チッ！　傷は浅いか」

なんつう防御力だ。レベル35まで上げた俺のSTRとINTを複合してもほとんどダメージを与えられなかった。

やっぱりレベル50はあると見て間違いないな。そこまで差が開くと、本来は勝てない相手だが――俺のオリジナル魔法が効いている。何とか、ギリギリのところで戦いにはなっていた。

「くッ！　人間ごときが小生の体に傷を!?　子供とはいえ神童と言われるだけはありますね……もはや、悠長なことをしている暇はありません。あなただけでも殺しておかないと厄介そうだ」

魔族から伝わってくる圧が増し、おまけに殺意まで乗っかっている。

どうやら、ようやくやる気になったらしい。ここまでは予想どおり手加減していたか……。いよいよもって俺の勝ち筋はなくなったかもな。

魔族の腕がさらに大きさを増していき、凶悪な二つの顔が俺の前に並ぶ。

「あなたに敬意を表します。人間にしてはお強い。すでにヘラルドから聞いているでしょうが、小生の名前はマーモン。〝強欲〟のマーモンです。生き残れたら覚えておいてくださいね？」

二頭のモンスターが俺の下に迫った。

▼△▼

強欲のマーモン。

目の前の魔族は自分のことをそう名乗った。

強欲という単語にどんな意味が隠されているのか知らないが、少なくとも普通の魔族ではないのだろう。

だが、今必要な情報はそれじゃない。眼前に迫った相手の攻撃だ。

オルトロスとミミックの顔が近付く。辛《かろ》うじて回避は間に合ったが、後ろに跳ねた俺をマーモンの腕が追尾してくる。

文字どおりあいつの腕は生きていた。

追いつかれる――!?

「ぐぅッ!?」

剣を盾にすると、思いきりオルトロスに突進された。

これまで以上の衝撃を受けて、俺は後方へ吹き飛ばされる。地面を跳ねて、また壁に激突した。

「がはッ!　……く、あ……!」

殴られた時よりダメージがデカい。おそらくゲームなら、今ので体力の三割以上が削られているはずだ。

膝が震え、視界が揺らぐ。

「ヘルメス様!?」

「へ、平気だ。まだ……何とか立てる」

心配するミネルヴァに問題ないことを伝えた。本当は今すぐにでも倒れたい気分だったが、彼女を置いて気絶などできない。

ふらふらと覚束《おぼつか》ない足取りながらも立ち上がって前を向く。

「ほほほ。上手《うま》くガードしましたね。小生の攻撃を二度も受け止めるなんて、まともな人間とは思えない。やはり惜しい……贄《にえ》にピッタリでしょうに」

「お、お前が……贄になったほうがいいんじゃないか？」

はは、と笑い返す。

気合で負けたら動きも鈍る。少しでも筋肉を強張《こわば》らせないよう、口だけは動かした。

けれど分かる。このままじゃマーモンには絶対に勝てない。レベルも能力も全てが上だ。相手は腕を振るうだけで俺を殺せる。

ミネルヴァを助けられる力が……!!

何か……何かこの状況で使えるものはないのか!?　何か……何でもいい！

「残念ながら小生は死ねないのですよ。そう簡単にはね」

もう一度、マーモンの腕が振るわれた。二頭が暴れ回りながら俺の下へやって来る。

ダメだ……次は避けられない。ガードも間に合わない。死んだ――。

力が緩み、するりと剣が手元から落ちる。一瞬が永遠にも感じる時の中で、ただじっと終わりを待つ。

だが、そんな俺の視界に映ったのは――俺の前に飛び出してくるミネルヴァの姿と、ゲームで見慣れた……システムメッセージだった。

『覚醒条件を達成しました。スキル〝聖剣〟を取得します』

『発動条件を満たしました。個体名：ヘルメス・フォン・ルナセリアの生命力が一定値を下回りました。スキル〝聖剣〟が発動します』

『第二形態：モード〝クラウソラス〟』

七章 聖剣

目の前に謎のシステムメッセージが表示された。

次いで、胸元に不思議な温《ぬく》もりを感じる。まるで最初からその正体を知っていたかのように、俺は胸元に手を置いた。

――次の瞬間。

体から、黄金の光を纏《まと》った柄《つか》が出てくる。迷わずその柄を握り、ゆっくりと抜いた。

現れたのは鮮やかな青白い剣身。どこか幻想的な一振りの剣だった。

それがどんな武器かを理解する暇もなく、俺とミネルヴァは二頭のモンスターと接触し、激しい衝撃と音を生み出した。

しかし、

「――不思議な気分だ」

「む？」

生まれた衝撃は――謎の武器が起こした魔力の波動だ。

つまり、俺の攻撃。

俺の攻撃が、触れることなくマーモンの腕、オルトロスとミミックの顔面を吹き飛ばした。

巻き上がった砂煙。その中から現れた俺とミネルヴァを見て、マーモンは驚愕《きょうがく》の表情を浮かべる。

「なッ!? ど、どうやって小生の攻撃を……それに、小生の腕が……」

「理由なんて俺が知るかよ。どうしても俺を生かしたい世界の意志でもあるんじゃないか？ こんなもんを寄越《よこ》すくらいだしな」

そう言って俺は、握り締めた左手の武器を見る。そこには、先ほどまで俺が使っていた剣ではない物が握られていた。

これが何なのか俺にも分からない。だが、不思議とこれを持っていると心が落ち着く。黄金色のオーラのようなものが全身に流れて、全能感を与えていた。

「へ、ヘルメス様……その目」

「目？」

おそるおそると言った風にミネルヴァが呟《つぶや》く。

「青白く輝いています。宝石みたいに……綺麗《きれい》」

俺の目が青白く輝いている？ それってこの剣みたいになってるってことか？

瞳の色は自分では確認できない。だが、この剣を手にしてから変わったのなら、あながちおかしな話でもない。

システムメッセージが俺に告げた謎の力――〝聖剣〟。

ラブリーソーサラーにはなかった要素だ。俺の知らないことがこの世界には多すぎる。

嬉《うれ》しい反面、目の前の魔族が邪魔で素直に喜べず、鋭い視線を前方へと飛ばした。

だが、魔族は俺の視線を無視して更なる動揺に襲われている。

見つめていたのは、俺の左手に握られている聖剣だ。

「そ、その不愉快な輝き！　オーラ！　外見！　なぜ……なぜあなたが聖剣を持っているのですか!?」

「へぇ……お前はこの力のことを知ってるんだな。詳しく教えてくれよ」

「死ね！　愚かな勇者の末裔《まつえい》が！」

叫び、マーモンの体から複数のモンスターが顔を見せる。文字どおり、狼《おおかみ》やら蛇やら鳥やら、そのレパートリーの多さに感心した。

こいつの能力は融合。モンスターの一部を吸収し自分の力にできる。他にもモンスターそのものを自分の体に封じ込めることができるっぽいな。

けど、レベル40を超えるモンスターの群れを見ても何とも思わない。自分でもおかしいと思えるくらいに冷静だった。

「ミネルヴァ、離れてて」

そっと彼女から手を離す。ミネルヴァは言われたとおりに後ろへ下がった。

剣を左手から右手に持ち替え――そのタイミングで、モンスターたちが一斉に向かってくる。

サイズこそ俺が知ってる個体より小さいが、魔族の能力による影響だろう。気にせず、俺は剣を振る。

聖剣の輝きが黄金色の軌跡を描いてモンスターを斬り裂いた。抵抗も何も感じない。

「ぐぅッ！　なんだあの聖剣は！　前に見た物と性能が違うではありませんか！」

ここにきて魔族《マーモン》の動揺は続く。

この聖剣がそれだけ恐ろしい物だという証拠だ。俺にも分かる。今なら俺の刃《やいば》は、あいつの命に届くと。

一歩前に踏み込んだ。

それだけで世界が切り替わる。まるで風属性魔法で自分を撃ち出した時の状況に似ているが、それ以上の速度だ。

一足で相手との距離を縮めると、マーモンは慌てて腹部から大きなモンスターの口を放つ。

そのモンスターの頭部ごとマーモンを斬り裂いた。今度は深々と相手の体に傷をつける。

「があぁぁぁ!?　こ、このエネルギーは……神聖属性!?」

血を流しながらマーモンは後ろへ飛《と》び退《の》く。その際に片腕が切断されて地面に落ちた。

「魔族も血の色は赤いのか……新しい発見だな」

にんまりと笑う。今の俺は完全に満たされていた。

聖剣が何なのか分からない。なぜ自分がこんな物を持っているのかも不明だ。しかし、今はそんなことどうでもよかった。

あいつに勝てる力がある。それだけでいい。ミネルヴァを守れるなら、他に理由はいらない。

「ぐ、ぎぃ……あぁぁぁ！」

マーモンがひときわ大きな声を出す。耳鳴りみたいなものがした。

次いで、複数のモンスターが現れ、マーモン自体も姿を変化させた。

もはやそれは人の形を保っていない。

背中からは翼が生え、腕にはモンスターの頭部。足は蛸《たこ》のような触手と蛇の尻尾が混ざり、顔には無数の眼球が。

「それがお前の本当の姿なのか？　魔族っていうよりただのモンスターだな」

聖剣を構える。

マーモンもまた濃密な殺気を放ちながら、モンスターを一斉にけしかけた。

そんなことしても無駄だとまだ学習しないのか？　俺のレベルは35を遥《はる》かに超えている。ステータスも考慮すれば、レベル40程度の相手なら容易《たやす》く葬れる。

こちらに殺到したモンスターを、的確に急所を狙いながら葬っていく。

一体、また一体とモンスターが地面に倒れる中、途中で俺は気づいた。

「ッ！　マーモンの気配が遠ざかってる!?」

あの気持ちの悪い気配が、聖剣を持った影響なのかはっきりと感知できた。それによると、目の前のマーモンは偽者。恐らくモンスターが擬態しただけの存在。

その証拠に、どんどんマーモンの気配が地下から遠ざかっているのが分かる。

あんな奴《やつ》をこのまま逃してたまるか。さっさとモンスターを倒して――。

「オォォォォ」

さらに討伐の速度を上げた俺の前に、マーモンに擬態していたモンスター、液体状になったスライムが立ちはだかる。部屋を覆う勢いで体を広げ、必死に時間稼ぎを試みていた。

クソッ！　これじゃあマーモンを追えない。

しかも、全身を巡る全能感がわずかに消えていくように感じた。

この剣、時間制限でもあるのか？

「………しょうがない」

マーモンのことはもう諦めよう。どの道、今から追いかけても捕らえられる気がしなかった。

目的をモンスターの殲滅《せんめつ》に切り替え、俺は全力で聖剣を振るう。

黄金の輝きが周囲のモンスターを包み込む。閃光《せんこう》のように斬撃が広がり、神聖な光が全てを浄化した。

あとに残されたのは、中空を漂う金色の粒子と、満身創痍の俺とミネルヴァだけだった。

「……す、凄《すご》い」

「これで終わり、かな……」

後ろからミネルヴァが称賛の声を上げ、同時に、右手に握られていた聖剣が消滅する。青と黄金色の光は、形を崩してから俺の体内に戻っていった。

急激に疲れが押し寄せてきて、あまりの疲労に立っていられない。膝を折り、思わずその場に倒れ込んでしまった。

「ヘルメス様!?」

慌ててミネルヴァが駆け寄り俺の体を起こしてくれるが、もう腕を上げることもできなかった。

聖剣を使った代償なのか、想像以上に疲れていたのか。

まだ賊は残っているというのに、彼女を残して意識を手放せるわけが……なかっ、た……。

俺の意思とは裏腹に、徐々に視界は暗転していった。

モブだけど最強を目指します！

～ゲーム世界に転生した俺は自由に強さを追い求める～

エピローグ　試験結果発表

目を覚ますと、視界には見慣れぬ天井が映っていた。

ここは……？

ぼやける視界の中、自分の状況を思い出す。

「――――ッ!!」

その瞬間、跳ねるように俺は起き上がった。直後、体に痛みが走る。

「うぐッ……！」

動きを止めた俺に、隣から声がかかる。

「あ、起きましたか、ヘルメス様」

「……ミネルヴァ、嬢？　ここは……」

俺の隣には、優しく微笑《ほほえ》むミネルヴァの姿があった。

「ここは馬車の中ですよ。ヘルメス様が気絶したあと、すぐに事態に気づいた騎士たちがやって来て、現在はルナセリア公爵邸に向かっています」

「ということは……全て、終わったんですね」

「はい。首謀者の魔族と二人の男女は逃しましたが、私や他の捕まっていた方々はこうして解放されました」

「……よかった、本当に」

気が抜けて背もたれに体を預ける。どっと疲労が押し寄せた。いまだに体が重い。

「これも駆けつけてくれたヘルメス様のおかげです。ありがとうございました。一度ならず二度もあなたに命を救われましたね」

「あはは。俺としては、いろいろ反省することが多くて困りますけどね。先に衛兵を呼んでおくとかできたのに、つい焦っちゃって……」

俺たちがこうして五体満足で生き延びられたのは、ひとえに運が良かっただけ。もし残党がいて、ミネルヴァや俺が狙われていたらその時点で終わっていた可能性もある。

いや、そもそも……あの聖剣だ。聖剣がなかったらマーモンには勝てなかった。

確か、気絶する前に聖剣は俺の体に入ったな。それはつまり、あれは俺の力ってことになるのか？

起きて早々、考えることが多くて思考がこんがらがった。

あとでゆっくり整理しよう。

「ヘルメス様は……」

「ん？」

「ヘルメス様は、そんなに私のことを心配してくれたんですか？　焦るくらい必死に助けに来てくれたんですか？」

急にミネルヴァの雰囲気が変わった。外から差し込む夕陽《ゆうひ》に照らされて、顔がやや赤いように見える。

普段の彼女より妖艶に思えて、一瞬、俺はドキッとした。

「あ、はい……恥ずかしながら、ミネルヴァ嬢を救うことに必死でした」

我ながらあれはいけない。冷静でいたつもりだったが、明らかに暴走していた。

次はもっと上手《うま》くやれることを祈ったが、そもそも次なんて来てほしくない。

「そうですか……ヘルメス様はそこまで私のことを……」

ミネルヴァはなぜか嬉《うれ》しそうに笑った。両手を胸の前で合わせ、愛《いと》おしそうに視線を伏せる。

またドキッとした。可愛《かわい》い。

「――次も。次も私のことを……助けてくれますか？」

ジッと青い瞳が俺を捉えた。不思議な引力を感じる。強い意志が込められていた。

わずかに時間を置いて、俺は決まりきっていた答えを出す。

彼女に釣られて笑みを浮かべながら、こくりと頷《うなず》いて。

「もちろんです。何度でも俺が助けますよ。この命に代えても」

「ツッツ！」

夕陽だけじゃない。ミネルヴァはさらに顔を真っ赤にさせて両手で口元を隠す。もごもごと小さく何かを呟《つぶや》いていた。

「も〜〜〜〜！　反則ですよぉ……！」

俺は彼女の言葉の意味が分からず、呆然《ぼうぜん》と首を傾《かし》げる。

ミネルヴァは何も教えてはくれなかった。

代わりに、

「でしたら……私もヘルメス様を助けられるようになります。待っててくださいね」

彼女はとびきりの笑顔を見せてくれた。

▼△▼

激動の誘拐事件が幕を閉じる。

俺が聖剣を使って暴れ回った結果、その騒動に気づいた衛兵や騎士たちが地下へ繋《つな》がる扉を発見し、賊のアジトが判明した。

入り口の傍《そば》に転がっていた犯罪者と、地下にいた犯罪者は全員捕まり、ミネルヴァを含む誘拐された被害者たちも日常に戻る。

地下は厳重に封鎖され、長らく王都を脅かしていた犯罪者集団はたった一日で壊滅した。

ちなみにその事件を解決に導いた俺は、現在、療養を目的とした監禁状態にある。ルナセリア公爵邸で。

「うーん……暇だよフラン。買い物にも行っちゃダメなの？」

自室のベッドに転がる俺は、扉の前に立つメイドに懇願してみた。しかし、

「ダメです。ヘルメス様をこの部屋から一歩も出すなと命令されていますので」

専属メイドのフランは俺のお願いを冷たくあしらった。がっくし。

「酷《ひど》い話だ。親が子を監禁するなんて」

「酷いのはヘルメス様でしょう？　旦那様はたいそう心配されていましたよ。私も悲しかったです」

そう。俺は事件で活躍したことを褒められるかと思っていたが、父の反応は逆だった。

自宅に戻ってことの顚末《てんまつ》を聞いた途端、烈火のごとく怒られた。それはもう初めて見るんじゃないかってくらい怒られた。

その上で、俺がここ数日は昏睡《こんすい》状態に陥ったため、過保護が暴走し、今に至る。

学園に登校するどころか部屋から一歩も出れていない。

「確かに心配をかけたのは謝るけど、俺には俺の考えがあって……」

「だとしても、ですよ。もう数日もすれば登校の許可も出るでしょうし、それまでは我慢してください」

「ちぇ。分かりました分かりました」

降参のポーズを作って俺は瞼《まぶた》を閉じる。この部屋にいる時は、基本的に寝るか本を読むくらいしかやれることはない。

あとはこっそり魔力の操作や制御の訓練もしているが、体を動かせないのは退屈だった。

それでも大人しく従っているのは、自分の行いが褒められたことではないと分かっているから。

布団を被《かぶ》り、俺は夢の世界に落ちる。

▼△▼

数日後、ようやく俺は監禁生活から解放された。

傷や疲労も全てなくなり、父からの小言を聞かされたあと学園へ向かう。

一年一組と表記されたクラスの扉を開けると、ざわっと教室の空気が変わった。さっきまでの穏やかな雰囲気が消える。

「……え？　な、何かな？　みんな……」

ほぼ全員の視線が俺に突き刺さった。直後、

「ヘルメス様だあああ！」

「おわッ!?」

クラスメイトたちに囲まれる。

次から次へと俺に質問が飛んできた。

「聞きましたよヘルメス様！　ミネルヴァ様を助けに単身で犯罪者たちのアジトに乗り込んだんでしょう!?」

「まさに絵本の中から出てきた王子様だわ！　素敵」

「ミネルヴァ様が羨ましい！」

「数名の犯罪者を捕まえたのもヘルメス様だって話だぞ！」

「激闘だったんですか？　何日も学校に来ませんでしたよね」

「お怪我《けが》のほうは!?　お体は大丈夫ですか!?」

わいわい、ガヤガヤ。

俺は聖徳太子じゃないんだから、そんな一斉に話しかけられても分からないよ……。とりあえず、聞き取れた質問にだけ答える。

「事件のことは俺の口からは話せない。知りたかったらご両親に調べてもらうといい。それと、怪我はもうないよ。このとおりぴんぴんしてる」

そう言って両手をあげて元気なポーズ？　をしてみる。

すると俺を囲む生徒たちのテンションはさらに上がった。特に女性陣の盛り上がりっぷりがヤバい。

若干気圧《けお》されていると、そこにミネルヴァとアルテミスが姿を見せた。

「ヘルメス様、おはようございます」

「ミネルヴァ嬢。おはようございます」

「お、お体は平気ですか!?　ヘルメス様！」

「アルテミス嬢!?」

ミネルヴァは優雅に挨拶を済ませたが、もう片方のアルテミスは、俺に迫ってベタベタと体を触り出した。

落ち着きのない態度と行動が、若干彼女を変態にしている。

「――おほん。アルテミスさん、触りすぎでは？」

わざとらしい咳払《せきばら》いをして、ミネルヴァがアルテミスの肩に手を添える。

「ひぃッ!?」

アルテミスは過剰に、飛び跳ねる勢いでビビっていた。

「……何もそこまで驚かなくてもいいじゃないですか、アルテミスさん」

「でで、でも、なんだか圧が……」

「何か言いましたか？　アルテミス、さん？」

「ひぃぃッ!?」

おぉ……笑顔でミネルヴァがアルテミスを威圧してる。

どうしてそんなことをしてるのかは分からないが、ちょっと面白かった。二人は実に正反対なキャラクターだから。

でも、このままだとアルテミスが可哀想《かわいそう》なので助け船を出してあげる。

「ミネルヴァ嬢、いけませんよ。アルテミス嬢を困らせては」

「困らせていませんが!?」

「ふふ。冗談です」

「ヘルメス様……」

じろりとミネルヴァに睨《にら》まれてしまった。

ちょっとしたジョークが首を絞めている。そしてリアルで首を絞められそう。

苦笑をしつつも彼女に謝る。

「あはは。ごめんなさい、ミネルヴァ嬢。でもよかった。あなたがこうして無事で」

「それはこちらの台詞《せりふ》ですよ、ヘルメス様」

お互いに笑みを作る。考えることは同じだ。

「それと、何ですかその他人行儀な呼び方は。薄暗い地下室では、私のことをミネルヴァ、と呼んでいたではありませんか」

「ミネルヴァ嬢!?」

何てことを言うんだ君は。

生徒たちの顔色がパッと変わる。目を見開いて興味深そうに俺を見ていた。

「ど、どういうことですか、ヘルメス様!?　地下室でいったい何を……!?」

過剰に反応したのは、隣にいるアルテミス。

顔が赤いが、変なことを想像してはいないだろうね？

やや狼狽《うろた》えながら、俺は言葉を返した。

「そ、それは……緊急事態ゆえというか……どうかお許しください」

「責めているのではありません。ぜひ、これからも私のことはミネルヴァと呼び捨てで。ね？」

「いや、さすがにそれは……」

「ミネルヴァ」

「しかし……」

「ミ・ネ・ル・ヴァ」

「…………はいぃ」

期待の籠《こ》められた眼差《まなざ》しを受けて、俺は圧に屈する。アルテミスみたいになった。

がっくりと肩を落とすと、同時に周りを囲む生徒たちが熱狂する。

気分はさながら、パンダかアイドルのようだ。パンダにもアイドルにもなったことはないけど。

反面、ミネルヴァは屈託のない笑みを浮かべ続けている。その頰《ほお》がわずかに赤いのは、俺の気のせいだろう。


——とにかく。

俺の日常が戻ってきた……のかな？

▼△▼

騒がしい朝の時間が過ぎて昼。

午前中の授業を全て終わらせた俺は、ミネルヴァ、アルテミスの二人とともに中庭の一角に向かっていた。

そこに今日、前にやった学年別試験の結果が貼り出されているらしい。

苦いを思いをしながらも我慢したのは、その結果を見るためだ。

「結果発表が楽しみですね。私は何位でしょうか」

「総合一位か二位じゃないですか？　ミネルヴァじょ……ミネルヴァはずいぶんと努力しましたし」

「ふふ、それを言うなら一番努力していたのはヘルメス様でしょう？　きっと総合一位はヘルメス様かと」

「多少自信はあるかな？」

「実は私もです」

「「あははは」」

揃《そろ》って俺たちは笑う。お互いに健闘を祈りつつ、裏ではバチバチと競い合っている。この関係がちょうどいいのかもしれない。

「お、お二人は楽しそうでいいですね。私は、今にも口から胃が出そうですよ……」

「グロいからやめようか。アルテミス嬢だって、きっといい成績が出てるよ。一緒に訓練頑張っただろ？」

　盛り上がる俺とミネルヴァを置いて、ただ一人ジメジメと落ち込むアルテミスにエールを送る。

　すると、なぜか隣のミネルヴァが先に反応を示した。

「一緒に……訓練を、頑張った？」

「あ」

　やべ。思わず口から本音が漏れた。

　ミネルヴァの瞳からハイライトが消える。ひぇっ。

「私、それ、知りません。どういうことですか？　いったい、お二人でナニを？」

「そそそ、それは……」

　アルテミスみたいに俺がどもる。

　何とかアルテミスに誤魔化《ごまか》してもらいたかったが、彼女は、――逆に火種をぶち込んだ。

「み、み、ミネルヴァ様には秘密です！　私とヘルメス様だけの思い出ですから！」

「なあッ!?」

　大きな声で叫んだアルテミスに、ミネルヴァはショックを受ける。

　よろよろと体勢を崩すと、がしりと俺の服を掴《つか》んで寄りかかってきた。

「ヘルメス様……早速、浮気ですか？」

「浮気!?」

　なにそれ初耳。

　誤解を招くなんてレベルじゃない。冷や汗がぶわっと出た。

「落ち着いてください、ミネルヴァ。これは誤解——」

「殺します。今すぐヘルメス様を殺して私も死にます！」

「重いなぁ!?　そして判断が早すぎる！」

どうしてそんな結論に至ったんだミネルヴァ！

ライバルのアルテミスが取られたのが嫌だったのかな？　だとしても俺は無実だと思います。

「やめてください、ミネルヴァ様！　ヘルメス様が死んだら私も死にます！」

「すでにそこまで愛を!?」

頼むからアルテミスはもう静かにしていてくれえええ。

誰かが喋《しゃべ》るごとに誤解が生まれる。もはや俺は針の筵《むしろ》だ。ここから逆転できる方法ってありますか？

そう思っていると、中庭のほうから声が聞こえてきた。賑《にぎ》やかな声だ。それが試験に関係したものだと俺は推測し、慌てて話題を逸《そ》らしにかかる。

「——あ！　見てください、ミネルヴァ！　アルテミス嬢！　あそこに試験の結果が貼り出されてますよ！」

「そんなことよりヘルメス様の裁判を！」

「話が進んでいる……!?」

あの一瞬の間に裁判沙汰になっているんですが!?　俺は一言も喋ってないのに。

「……でも、確かに結果は気になりますね。ヘルメス様を詰めるのは後にしましょうか」

「詰められるんだ、俺……」

頑張って戦って、命懸けでミネルヴァを助けたのに……しくしく。

内心でわずかに涙を流しながら、試験結果が書いてある紙に近付き、他の生徒たちと共に成績予想の答え合わせをする。

結果は、

筆記試験
一位：ヘルメス・フォン・ルナセリア　１００点
一位：アウロラ・フォン・クラウド　１００点
三位：ミネルヴァ・フォン・サンライト　90点

魔法試験
一位：ヘルメス・フォン・ルナセリア　１００点
一位：レア・レインテーナ　１００点
三位：アルテミス・フォン・アスター　91点

剣術試験
一位：ヘルメス・フォン・ルナセリア　１００点
一位：フレイヤ・フォン・ウィンター　１００点
三位：ロレアス・フォン・グラディール　90点

総合順位
一位：ヘルメス・フォン・ルナセリア　３００点
二位：ミネルヴァ・フォン・サンライト　２６６点
三位：アルテミス・フォン・アスター　２６０点

「「ぜ、全試験……満点？」」

結果を見て、ミネルヴァとアルテミスが呆然とする。

俺は彼女たちとは違うところで驚いていた。

――あ、アルテミスが総合三位!?

普通に凄《すご》い。フレイヤあたりが上がってくるかと思ったが、想像以上にアルテミスは強くなっていた。

これも俺と一緒にダンジョンへ潜った成果かな？

「さすが、ですね……予想どおりとはいえ、満点だとは……。いえ、試験内容を鑑みるに、当然と言えば当然ですが」

「ミネルヴァこそ二位おめでとうございます」

「ヘルメス様の隣ですね。ふふ……この座は誰にも譲りません」

ミネルヴァが胸を張る。膨らみから目を逸らし、

「アルテミス嬢もおめでとう。総合三位なんて凄いね」

と、今度はアルテミスに称賛を送った。

彼女は頬をわずかに朱色に染めて喜んだ。

「えへへ……！　自分でも驚きですが、これもヘルメス様のおかげですね！」

「アルテミス嬢が頑張ったからだよ」

「ヘルメス様……ありがとうございます」

屈託のない笑みを彼女は作る。それを見るだけで、一緒にダンジョンに行ってよかったと思えた。

「どういたしまして……ん？」

俺はそこではたと気づく。

周りの生徒たちの視線がこちらに向いていることに。

「おいあれ……満点のヘルメス様だぞ」

「さすがヘルメス様よねぇ……中等部の頃はやっぱり手を抜いてたんだわ！」

「それにしたって全試験満点ってありかよ？　学園始まって以来の快挙じゃないか？」

「常軌を逸している……」

様々な感想が聞こえてきた。このままだと朝の二の舞だな。

慌てて踵《きびす》を返し、ミネルヴァの手を取って抱き上げる。いわゆるお姫様抱っこというやつだ。

彼女の足では追いつかれるかもしれない。ミネルヴァには悪いが、急いでその場から離れた。

「へ、ヘルメス様!?」

「ごめんなさい、ミネルヴァ！　注目浴びすぎたので逃げますね！　アルテミス嬢は走ってこれるかい!?」

「え？　あ、はい！」

足の速いアルテミスにはそのまま俺の後ろを追ってもらう。

三人で仲良く逃げた。

その最中、

「ヘルメス様に……抱き、だ……――はわわわわ!?」

腕の中からミネルヴァの奇声が聞こえてくる。

何だろう？　ミネルヴァは最近様子がおかしい。

俺の家に見舞いに来た時も変だった。顔は赤いし緊張してるしおかしなことは言うし……何かあったのかな？

中庭へ向かう生徒たちの間を通り抜けながら、ふと、そんなことを考えた。

答えは出ない。

▼△▼

ヘルメスがミネルヴァとアルテミスを連れて中庭から離れていく。

その様子を見送って、とある双子の姉妹は順番に口を開いた。

「フェローニア、フェローニア。今の見ましたか？　噂《うわさ》の噂のヘルメス様です！」

「見たわ見たわ。バッチリ見たわ。噂どおりカッコイイ、カッコイイ！」

「カッコイイけど違います違います！　フロセルピアが言いたいのは、ヘルメス様の活躍です、活躍です！」

「聞いたわ聞いたわ。ミネルヴァ様を誘拐犯から助けたのよね？　素敵だわ素敵だわ。まるで絵本の中の物語ね」

「羨ましいです羨ましいです。フロセルピアにもそんな思い出がほしいです、ほしいです！」

「フェローニアも欲しいわ、欲しいわ。もうすぐ狩猟祭の時期だし、期待しちゃう、期待しちゃう！」

きゃきゃっと楽しそうに双子の姉妹はひそひそ話を続けた。

するとそこへ、双子の姉妹とはあまり似ていないもう一人の女生徒が姿を現す。

「あなたたち！　こんな所で何をしてるの！」

「み、ミリシア様……ごめんなさいごめんなさい。フェローニアたちは――」

「言い訳はやめて。今日はご飯抜きよ。分かったらさっさと消えなさい。あなたたちがここにいると空気が悪いわ」

「……分かりました、分かりました」

双子は見るからにテンションを下げて、怯《おび》えるようにタッタッタッタッと教室のほうへ向かった。

その瞳には、深い深い悲しみの色が浮かんでいた。

モブだけど最強を目指します！

～ゲーム世界に転生した俺は自由に強さを追い求める～

EXTRA EPISODE

ガールズトーク？

それは、ある日の放課後。

「アルテミスさん」

たった今、ヘルメスとの談笑を終わらせたアルテミスに、金色髪の少女が声をかけた。

「み、ミネルヴァ様？」

アルテミスが振り返ると、後ろにはミネルヴァ・フォン・サンライトが立っている。

彼女との距離感を摑《つか》みあぐねているアルテミスは、びくびくしながらわずかに後ろへ下がった。

その様子に、ミネルヴァは、

「逃げないでください。別に危害を加えるために呼び止めたわけではありません」

と優しく声をかける。

アルテミスとてミネルヴァがいい人間であることは知っていた。

時折、余計なことを口にして怒らせることはあるが、それでも嫌いではない。

足を止め、返事をする。

「えとえと、そそ、その……何でしょうか」

「あなたに話があります。話というより質問でしょうか」

「し、質問？」

「身構えないでください。私が聞きたいことは――ヘルメス様と先ほど何を喋《しゃべ》っていたのか、です」

「ッ」

びくりとアルテミスの肩が震えた。

その反応だけでおおよその見当はついた。ミネルヴァが肩を竦《すく》ませる。

「その様子なら、話の内容は秘密の特訓とやらですね？　私には話せないという」

「あぅ……は、はいぃ……」

気まずくてアルテミスは視線を逸《そ》らした。

絶対に教えられない、と表情が物語っている。

それでもミネルヴァは――だからこそミネルヴァは聞きたい。

「お二人は……ずいぶんと仲がいいんですね。秘密の特訓をするくらいに」

「ミネルヴァ、様？」

落ち込んだ彼女の声に、アルテミスは視線を戻した。

ミネルヴァの眉が下がっている。全身から哀愁が漂っていた。

「いいのです。分かっています。私にも話せないことはあると。ただのワガママです、全てを知りたいなんて……」

「ちがっ、ミネルヴァ様！」

「でもですよ？　少しくらい、私にも特別を分けてくれてもいいと思うんです。私なんてノリノリでアタックしてるのに、ヘルメス様はいつまでも鈍くて、そのくせたくさんの女性にモテて……ふへへ、へへへ……」

「しし、しっかりしてください！　ミネルヴァ様！」

ダークサイドに落ちかけていたミネルヴァを、アルテミスが声を張り上げて引き戻す。

最近、いいことがあっただけに、ミネルヴァの落ち込みっぷりは増していた。ヘルメスへの想《おも》いが止まらないのだろう。

だが、アルテミスからしたらひたすらに困惑する。正直、怖かった。

「ミネルヴァ様は愛されていますよ！　ヘルメス様、よくミネルヴァ様のことを褒めてますから！」

「……へ？　そ、それは本当ですの!?」

「ひぃッッ!?」

瞳孔が開いたまま、急激に接近するミネルヴァ。

不思議な圧を感じてアルテミスはビビった。

しかし彼女は止まらない。ぐいぐいと顔を近付けて、

「た、たとえばどういう!?」

迫真の顔で訊《たず》ねた。

「えとえと……えっと……」

勢いで言った分、質問されると難しい。

けれど、脳みそをフル回転させて何とかミネルヴァの望む答えを出した。

「そうだ！　みみ、ミネルヴァ様は剣術が綺麗《きれい》で凄《すご》い、とか。魔法も使えて万能だよ、と仰《おっしゃ》ってました！　一番優秀な学生だと！」

もちろんヘルメス自身を除いて、だが。

「ヘルメス様がそのようなことを……ふふ、ふふふ！　ふひ！」

褒められて急激にテンションが上がるミネルヴァ。

頬《ほお》を赤く染めて、もじもじと体を捩《よじ》る。

「た、確かに、私はヘルメス様を除けば一番の天才かもしれませんが、そこまで褒めてくださっているとは……！」

ミネルヴァの周りには花が咲いていた。脳内にも咲いている。

ご機嫌な様子の彼女に、しかしアルテミスは余計なことを言った。

「あ、でも。私もすぐに追いつけるかもしれませんね！」

「――――」

ぴきーん、と空気が凍る。

先ほどまでの和やかな空気は消えた。ぎぎぎ、とゼンマイ仕掛けの人形のように首を動かして、ミネルヴァは凄《すさ》まじい眼光でアルテミスを睨《にら》む。

「アルテミスさん……あなた、何が言いたいんですか？　喧嘩《けんか》を売りたいんですかぁぁ!?」

「ひゃあぁぁぁ!?」

胸倉を掴まんとする勢いでミネルヴァが再接近する。

ヤバい！　また失言をしてしまった！　と気づいたアルテミスは、涙を流しながら謝る。

「ごめんなさいごめんなさいごめんなさいぃぃぃ！　本当のことでも言っちゃダメなことってありますよね!?」

「謝ってますのあなた!?　とどめを刺してきてますよね!?」

「ひいぃぃぃ!?　違うんです違うんです！　口が滑ったといいますか、褒められて浮かれているミネルヴァ様が羨ましかったといいますか……」

「やっぱり喧嘩売ってるんじゃないですかぁぁぁ！」

「ですよねぇ!?　ごめんなさいぃぃぃ！」

ぎゃあぎゃあと周りに人がいないのをいいことに、二人は仲良く？　喧嘩する。

ミネルヴァとて分かっていた。目の前の少女は自分にも迫る才能を持っていると。

だからこそ、焦っていた。だからこそ、聞きたかった。

強くなれた秘密を。自分も交ぜてほしいと。

「……結局、私はあなたに追い越されてしまうのかもしれませんね。ええ。それは納得しています」

考えれば考えるほど、ミネルヴァの中で熱は冷めていく。

アルテミスの肩を掴みながら、顔を俯《うつむ》かせた。

それを見たアルテミスは、

「ミネルヴァ様……」

とてもその姿が、他人事《ひとごと》のようには思えなかった。

まるで、過去の落ち込む自分を見ているようで、思わず……、

「あの、ミネルヴァ様？」

声をかける。それは確かな一歩だった。

閉じ籠《とこ》もっていた自分の背中を押して、大きな一歩を踏み出した。

「はい？」

「その……誰にも言わないって誓えるのなら、秘密の特訓……教えられますが……」

「本当ですの!?」

「いたたたた!?　ミネルヴァ様、肩！　肩！　馬鹿力すぎますうぅぅぅ！」

「誰が馬鹿力ですか！　あなたさらっと失礼ですわね!?」

「でも本当に力がががががが」

アルテミスは強くなったが、純粋な腕力はミネルヴァのほうが上だ。

肩を強く掴まれるだけで激痛に苛《さいな》まれる。

そのことに気づいたミネルヴァが手を離し、痛みから逃れた。

「——あ。ご、ごめんなさい、アルテミスさん。思わず力が……」

「い、いえ……本気で蹴り飛ばそうとしましたが、今のはしょうがないですよね」

「やっぱりさらっと酷《ひど》いですわね、あなた」

ジト目でミネルヴァがアルテミスを睨む。

「それで……本当に教えてくれるのですか？」

「え、ええ……あのですね？」

顔を近付けるアルテミス。ミネルヴァの耳元で、自分たちがどういうことをしているのか話した。

それを聞いたミネルヴァは、

「——ず、ズルいですわ！」

と高らかに声を張り上げる。

今後、アルテミスとヘルメスのダンジョン攻略に、もう一人の少女が加わるかもしれない。

MFブックス

モブだけど最《さい》強《きょう》を目《め》指《ざ》します！　～ゲーム世《せ》界《かい》に転《てん》生《せい》した俺《おれ》は自《じ》由《ゆう》に強《つよ》さを追《お》い求《もと》める～ 1

2024年2月25日　初版第一刷発行

著者　反面教師
発行者　山下直久
発行　株式会社KADOKAWA
〒102-8177　東京都千代田区富士見2-13-3
0570-002-301（ナビダイヤル）
印刷・製本　株式会社広済堂ネクスト
ISBN 978-4-04-683250-4 C0093

担当編集　姫野聡也
ブックデザイン　AFTERGLOW
デザインフォーマット　AFTERGLOW
イラスト　大熊猫介

本書は、カクヨムに掲載された「モブだけど最強を目指します～どハマりしたゲームの世界に転生したら、どこまでも自由に強さを求めるよね?主人公たちは好きに恋愛してくれ……ってなんでフラグが立つの!?」を加筆修正したものです。

この作品はフィクションです。実在の人物・団体・事件・地名・名称等とは一切関係ありません。

転生令嬢アリステリアは
今度こそ
自立して楽しく生きる
~街に出てこっそり
知識供与を始めました~
野菜ばたけ
ill. 風ことら
魔法のiらんど
2022小説大賞
異世界ファンタジー部門
《特別賞》
受賞作
知識を伝えて、
みんな幸せに!

底辺おっさん、
チート覚醒で
異世界楽々ライフ
ぎあまん
[イラスト] 吉武
異世界で不自由なく、
冒険者らしく暮らしたい!
底辺サラリーマンから底辺冒険者へ転生するが、持っていたスキルは【ゲーム】。
異世界に来てまでゲーム三昧の、先がない二度目の人生……。
これは、そんなどん底から大逆転するおっさんの異世界チート生活録!!
MFブックス新シリーズ発売中!!

辺境の魔法薬師
自由気ままな異世界ものづくり日記
STORY
ある日女神に「私の世界の魔法薬を改革してほしい」と頼まれ転生すると、そこでは「最低品質」「ゲロマズ」「もはや毒」の三拍子が揃った悪夢のような魔法薬がはびこっていた！　辺境伯家の三男ユリウスとして転生した俺は、前世のゲームスキルを活かし魔法薬改革をスタートさせる。
ながゆうき
ラスト：パルプピロシ
激マズ魔法薬を発展させながら、
のんびり
ものづくり
スローライフを楽しみます！
第7回
カクヨムWeb小説コンテスト
異世界ファンタジー部門
特別賞
受賞作
MFブックス新シリーズ発売中!!
MFブックス

召喚スキルを継承したので、極めてみようと思います!
~モフモフ魔法生物と異世界ライフを満喫中~
えながゆうき
イラスト:nyanya
謎だらけなスキルで召喚されたのは――
個性豊かすぎる“魔法生物”!?
自由気ままに異世界でモフモフライフを楽しみます!
STORY
モフモフ好きな青年は、気づくとエラドリア王国の第三王子・ルーファスに転生していた。継承した“召喚スキル”を広めるため、様々な魔法生物たちを召喚しながら、ルーファスの異世界モフモフライフが始まる!
「」カクヨム発
MFブックス新シリーズ発売中!!

代償θ《シータ》
精霊に愛されし出遅れ転生者、やがて最強に至る
漂鳥
Illustrator bob
痛みと苦しみを代償に——
輝くは最強の精霊紋!
転生に出遅れた咲良は痛みと苦しみを伴う肉体改造を代償に、最強の魔術師の素養を手に入れ、異世界の貴族・リオンに転生した。彼は精霊達に愛されながら、時に精霊達を救うため奮闘しながら、成長を重ねていく。
MFブックス新シリーズ発売中!!

家臣に恵まれた
＼転生貴族の／
幸せな
日常
KASHIN NI
MEGUMARETA
TENSEIKIZOKU NO
SHIAWASE NA
NICHIJOU
企業戦士
イラスト：とよた瑣織
異世界転生した先は、二つ名が『魔人』の武闘派貴族！
領民は0。領地はほとんど魔獣の巣。
だけど家臣の忠誠心は青天井！
彼は優秀な家臣達と、時に力を合わせ、時に力技で
困難を乗り越え、幸せな日常を送る！
※頭を空っぽにして
読むことを推奨しております。
第8回 カクヨム Web小説コンテスト 異世界ファンタジー部門
特別賞 受賞作！
MFブックス新シリーズ発売中!!
MFブックス

Story

転生者である魔導具師のダリヤ・ロセッティ。

前世でも、生まれ変わってからもうつむいて生きてきた彼女は、

決められた結婚相手からの手酷い婚約破棄をきっかけに、

自分の好きなように生きていこうと決意する。

行きたいところに行き、食べたいものを食べ、

何より大好きな“魔導具”を作りたいように作っていたら、

なぜだか周囲が楽しいことで満たされていく。

ダリヤの作った便利な魔導具が異世界の人々を幸せにしていくにつれ、

作れるものも作りたいものも、どんどん増えていって――。

魔導具師ダリヤのものづくりストーリーがここから始まる！

TVアニメ
2024年放送開始!
魔導具師ダリヤはうつむかない
～今日から自由な職人ライフ～
甘岸久弥
イラスト:駒田ハチ キャラクター原案:景

MFブックス既刊

アラフォー賢者の異世界生活日記 ①～⑲
著：寿安清／イラスト：ジョンディー
40歳おっさん、ゲームの能力を引き継いで異世界に転生す！

アラフォー賢者の異世界生活日記 ZERO ーソード・アンド・ソーサリス・ワールドー ①
著：寿安清／イラスト：ジョンディー
アラフォーおっさん、VRRPG《ソード・アンド・ソーサリス》で大冒険！

手札が多めのビクトリア ①～③
著：守雨／イラスト：牛野こも／キャラクター原案：藤実なんな
凄腕元工作員、夢に見た「普通《しあわせ》」な人生を楽しみます！

赤ん坊の異世界ハイハイ奮闘録 ①～②
著：そえだ信／イラスト：フェルネモ
不作による飢餓、害獣の大繁殖。大ピンチの領地を救うのは、赤ちゃん!?

隠れ転生勇者 ～チートスキルと勇者ジョブを隠して第二の人生を楽しんでやる！～ ①～②
著：なんじゃもんじゃ／イラスト：ゆーにっと
ある時は村人、探索者、暗殺者……その正体は転生勇者!?

ご縁がなかったということで！ ～選ばれない私は異世界を旅する～ ①～②
著：高杉なつる／イラスト：喜ノ崎ユオ
運命に抗うように、無縁と別れを告げ、私は望んだ未来を生きてゆく！

カリグラファーの美文字異世界生活 ～コレクションと文字魔法で日常生活無双?～ ①～②
著：磯風／イラスト：戸部淑
カリグラフィーを駆使した【文字魔法】で美味しいものや物作りをするぞ！

転生令嬢アリステリアは今度こそ自立して楽しく生きる ～街に出てこっそり知識供与を始めました～ ①
著：野菜ばたけ／イラスト：風ことら
知識を伝えて、みんな自立して幸せになります！

転生したら、子どもに厳しい世界でした ①
著：梨香／イラスト：朝日アオ
0歳児のエルフに転生した少女の、ほのぼの＆ハードモード物語!?

モブだけど最強を目指します！ ～ゲーム世界に転生した俺は自由に強さを追い求める～ ①
著：反面教師／イラスト：大熊猫介
極めたゲーマーはモブキャラから最強を目指す!?

召喚スキルを継承したので、極めてみようと思います！ ～モフモフ魔法生物と異世界ライフを満喫中～ ①
著：えながゆうき／イラスト：nyanya
謎だらけなスキルによって召喚されたのは――モフモフな〝魔法生物〟!?

家臣に恵まれた転生貴族の幸せな日常 ①
著：企業戦士／イラスト：とよた瑣織
領民は0。領地はほとんど魔獣の巣。だけど家臣の忠誠心は青天井！

勇者じゃなかった回復魔法使い ①
著：はらくろ／イラスト：蓮深ふみ
お人好し回復魔法使いの、自由でのんびりな異世界交流記。

アンケートに答えて
著者書き下ろし
「こぼれ話」を読もう！

「こぼれ話」の内容は、
あとがきだったり
ショートストーリーだったり、
タイトルによってさまざまです。
読んでみてのお楽しみ！

よりよい本作りのため、
読者の皆様のご意見を参考にさせて頂きたく、
アンケートを実施しております。

奥付掲載の二次元コード(またはURL)にお手持ちの端末でアクセス。

↓

奥付掲載のパスワードを入力すると、アンケートページが開きます。

↓

アンケートにご協力頂きますと、著者書き下ろしの「こぼれ話」がWEBで読めます。

- PC・スマートフォンに対応しております(一部対応していない機種もございます)。
- サイトにアクセスする際や、登録・メール送信時にかかる通信費はご負担ください。
- やむを得ない事情により公開を中断・終了する場合があります。